집으로 가는 길

집으로 가는 길

엄기용
포토에세이

I'm

작가의 말

　가슴끝이 저린다. 이 글을 마치게 되면 다 털어내서 뭔가 개운해질 거라고 생각했다. 하지만 나는 지금 그렇지 않다. 가슴 밑에서 밀려오는 것들로 종이에 베인 살처럼 마음 한 켠이 아린다.

　안경을 벗어 마우스 옆에 두고 눈을 감는다. 어떻게 글을 쓸까 고민하다가 포토 에세이 형식으로 글을 써보자 마음먹고 그동안 찍은 사진을 모아 놓은 외장하드를 뒤졌다. 여기 수록된 29장의 사진이 그 결과물들이고, 29편의 추억을 되살려 글이 되었다. 이 사진들이 감정선 밑에 숨어 있던 아픔과 쓰라림의 침전물들을 흔들어 놓았고, 남아 있던 추억 조각들은 나를 그곳으로 데려갔다.

29편의 글들은 지금 이 책 속에서 숨을 쉬고 자기들끼리 대화를 하고 있다. 그들의 소리가 들리고 그들의 온기가 느껴진다.

우연한 기회로 이 책을 쓰게 되었다. 도전할 수 있도록 용기를 준 이다빈 작가에게 먼저 감사 인사를 드린다. 그 분은 세상 밖에서 놀고 있던 아이 같은 어른을 집으로 들어오게 해서 스스로 책상 앞에 앉게 만들었다. 강요 없이 글로 나를 내려놓게 했다. 함께 글쓰기를 한 네 명의 작가들도 고맙다. 나 혼자였으면 고독했을 이 길을 함께 했기에 외롭지 않게 여기까지 올 수 있었다.

이 책에서는 태어난 후부터 지금까지 기억나는 나에 대한 소감을 사진과 함께 표현했다. 제1부에서는 고향에서의 유년시절에 대한 내용을 '유년의 집'이라는 제목으로 불러냈다. 초등학교 2학년 때 부모님을 따라 서울로 이사를 왔으니 시간으로 계산하면 고향에서 보낸 유년시절은 그리 길지 않은 시간이다. 하지만 남아 있는 기억의 잔상은 깊고, 그래서인지 좀처럼 지워지지 않는다.

제2부에서는 성인이 되어 집을 떠나 여행하면서 느낀 생각을 '집을 떠나다'라는 제목으로 담아냈다. 여행지에서 본 그들은 모두 나와 비슷한 삶을 살고 있는 사람들이었다.

탈고를 하다 보니 1부와 2부의 추억의 장소들은 이어져 만났고,

결국엔 나는 길을 돌아 다시 왔음을 느끼게 되었다. 집을 떠나온 그 길은 다시 집으로 가는 길이었다. 그 길은 제3부 '집으로 가는 길'로 옮겨 소회를 밝혔고, 이 책의 제목이 되었다.

옷을 입지 않고 사람은 살 수가 없다. 내 몸을 감싸고 있는 옷은 씨실과 날실의 연속 작업으로 만들어졌다. 인생이라는 베틀에서 살아온 시간으로 씨실을 묶고, 삶을 지탱시켜 준 공간을 날실로 엮어서 지금 여기에 내가 있는 것이다.

돌이켜보면 신세진 분들이 참 많다. 지금도 그 분들 덕에 편안히 살고 있다. 내 곁에 있어 주어서 다들 정말 고맙다!

2022년 3월

마포 도화에서 엄기용

목차

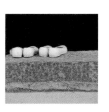

제1부

유년의 집

엄마는 없었다

아버지와 다툰 날이면 엄마는 이모네로 자주 갔다. 그날도 두 사람은 내가 잠들기 전까지 싸웠고, 아침에 일어나니 엄마는 집에 없었다. 초가집 방문은 또 떨어져 흔들리며 걸려 있고, 몇 발짝 안 되는 마당에는 일부 세간살이들이 비 오는 마당에 서로를 쳐다보며 자유롭게 나뒹굴고 있다.

일어나서 엄마가 없는 것을 발견한 여동생 둘은 시끄럽게 울어댔다. 부엌으로 가서 양은솥을 열어 보니 감자 몇 개가 보인다. 마당으로 나가 비를 맞고 있는 그릇 몇 개를 부엌으로 가져와 대충 씻은 후 쟁반에 감자와 먹을 물을 그릇에 담아 동생들에게 간다. 그 소리를 들었는지 아버지는 일어나 물을 한 사발 마신 후 우리를 한 번 쳐다

보더니 싸리문을 발로 차고 나간다. 나는 어디 가시냐, 언제 오시냐고 물어보지 않았다.

　동생들이 감자를 먹는 동안 마당으로 나가 비를 맞고 있는 녀석들을 부엌에 원래 자기들 있던 곳으로 대충 자리를 찾아 옮겨 놓는다. 갑자기 한기가 느껴진 나는 잠깐만 누웠다 일어날 생각으로 누운 것이 잠이 들었던 것 같다. 내 옆에는 동생들이 새우등을 하고 자고 있다. 잠이 깬 나는 정신을 차리고 부엌 쪽에서 무슨 소리가 나는지 귀를 기울여 본다. 가끔은 이렇게 한숨 자고 나면 엄마는 아버지가 나간 후 집에 와서 부엌에서 무언가를 하고 있었기 때문이다. 그럴 때면 나는 편안하게 마음 놓고 다시 잠 속으로 빠져들었고, 엄마는 나와 동생들을 깨워 이것저것을 먹였다. 아버지 없이 엄마와 동생들끼리 먹는 밥은 정말 맛있고 마음 편했다.

　그러나 오늘은 자고 일어났는데도 엄마의 인기척이 없다. 내 몸은 아침에 비를 맞으며 마당에서 그릇을 주울 때보다도 더 싸늘하게 느껴진다. 어느새 목덜미를 타고 내려온 눈물이 베개를 적시고 있다. 베개를 베고 있는 뺨이 차갑다.

　"오빤 엄마 오나 신작로 버스 대합실에 나갔다 올 테니께 동생 깨면 솥 안에 감자 남은 거 같이 먹어라 잉! 알았지?"

잠에서 깬 첫째 여동생에게 아직 자고 있는 둘째 여동생을 부탁하고 아버지가 발로 차고 나간 싸리문으로 나간다.

친구들과 동생들을 업고 놀던 국민학교 옆을 돌아 좁은 길을 걸어가면 동네 점방이 나온다. 지날 때마다 늘 달콤한 냄새를 풍기는 점방을 끼고 돌아 신작로를 따라 대천 방향으로 조금만 걸어가면 버스 대합실이 나온다. 그곳에서 엄마를 기다릴 생각이다. 우리 동네에서 사람이 제일 많이 몰려드는 곳 중의 하나가 내가 가고 있는 버스 대합실이다. 여기서 표를 사서 서천도 가고 대천도 가고 인근 도시들로 간다.

신작로 커브 길을 돌아 버스가 들어온다. 이 버스가 어디서 왔고, 어디로 가는지는 궁금하지도, 알고 싶지도 않다. 어제부터 내린 비가 포장이 안 된 흙길을 마구 파놓아 곳곳에 물구덩이가 생겼고, 그 위로 차가 지나갈 때마다 흙탕물이 사방으로 튀었다. 차바퀴에서 튕겨져 나온 흙탕물은 지나가는 사람들을 사정없이 덮쳤다. 그럴 때마다 흙탕물을 뒤집어쓴 사람들은 지나간 차에 대고 고함과 함께 온갖 욕설을 해댔다.

나는 대합실에 들어오는 버스들을 계속 지켜보면서 엄마를 태운 버스가 오기만을 기다리고 있다. 이미 몇 대의 버스가 지나갔는지

모른다. 대합실 안에서 혼자 웃으면서 재미있게 쳐다봤던 흙탕물 소
동도 시간이 지나자 재미없고 지겨워졌다.

　가로등이 없는 시골길은 어둠이 빨리 온다. 지금 시간이 몇 시나
됐는지 궁금하지도 않고, 알고 싶지도 않다. 신작로 커브 길을 돌아
대합실로 들어오는 버스만 쳐다본다. 어제부터 오던 비는 멈추었고
서서히 어둠이 밀려온다. 지금 오는 저 버스에는 엄마가 있을 거야,
그런 믿음이 점점 무너져 가고 있다.

　얼마나 시간이 흘렀을까. 어느새 어둠이 깔린 신작로에 한 대의
버스가 들어오고 있다. 들어오는 버스에는 기운 빠진 라이트가 희미
하게 켜져 있다. 가재처럼 굽은 내 등은 버스가 다가올수록 나도 모
르게 펴진다. 버스에서 내리는 사람의 얼굴을 보려면 고개를 들어야
하는데 이젠 그것마저 힘들다. 아니 나는 엄마의 발만 봐도 안다. 엄
마는 버선에 고무신을 신고 치마를 입고 있기 때문이다. 그러니 고
개를 들지 않고 지금처럼 아래만 보고 있어도 알 수 있다. 그리고 엄
마가 버스에서 내리면 내가 앞에 있는 것을 보게 될 것이고, 그러면
엄마는 "콩이 니가 왜 여기에 있냐?" 할 것이기 때문에 굳이 내리는
사람들 얼굴을 일일이 안 봐도 된다. 아니다, 그건 거짓말이다! 난 내
리는 사람들 중에서 엄마가 없다는 사실을 확인하는 것이 싫다.

시골 대합실은 동네 사랑방과도 같다. 표를 끊어주는 대합실 주인 아주머니는 내가 누구의 자식인지, 왜 여기에 나와 있는지 안다.

"지금 들어오는 저 버스가 비인에서 오는 막차여, 콩아!"

아주머니의 혀끝을 차는 소리가 마치 천둥처럼 들린다. 막차 손님은 이미 다 내렸고, 버스는 자기 갈 길을 가버린 지 한참이다. 기다리던 엄마의 목소리는 들리지 않는다. 내가 빨리 여기서 나가 주기를 바라는 아주머니의 시선이 앉아 있는 내 뒤통수를 송곳처럼 찌르고 있다.

버스 대합실 문을 열자 비 갠 저녁 바람이 차갑다. 그 바람에서 한기가 느껴진다. 오던 길을 다시 가야 하는데 발이 무언가에 묶여 있는 듯 떨어지지가 않는다. 올 때는 엄마를 만나서 집에 같이 간다는 생각에 힘든 줄 몰랐다. 갑자기 오후 내내 자기들끼리만 있었을 동생들 생각이 났다. 빨리 가봐야 되겠다. 그제서야 발에 힘이 간다.

집에 오니 잠든 동생들 얼굴은 팅팅 부어 있고, 콧물과 눈물이 섞여 흘러내린 자국은 장맛비에 파인 집 마당 같았다. 내가 나가 있는 동안 아마도 몇 번을 울다가 지쳐 살짝 잠이 든 것 같다.

저녁이 지나 밤이 되었다. 난 밤이 오는 게 두렵다. 오늘도 아버진 술에 만취가 되어서 올 것이고, 우리는 아버지가 잘 때까지 또 무서움에 떨어야 한다. 조금 전까지 엄마가 오기를 기다렸는데 아버지가 잠든 후에 오는 게 낫겠다로 생각이 바뀌었다.

"오빠 왔으니께 얼른들 세수 혀, 지지배들 얼굴이 이게 뭐여!"

동생들을 대충 씻기고 부엌에 가서 양은솥을 열어 보니 낮에 남겨 두었던 감자가 보이지 않는다. 솥뚜껑을 여는 순간 남아 있는 감자 냄새가 올라온다.

"그래도 챙겨 먹었네!"

조금 전까지는 참을 만했는데 빈 솥을 보니 배가 더 고파진다.

지금도 그때의 감자 냄새가 코끝을 맴돈다.

기차 타러 가는 길

"콩아, 그 지지배 그냥 떼어놓고 너만 얼릉 뛰어와!"

서울역 바로 옆 서부역에서 기차표 개찰을 마치기 무섭게 엄마는 정신없이 뛰면서 나에게 소리쳤다. 다른 사람들보다 더 빨리 뛰어가야 자리를 잡을 수 있기 때문이다. 둘째 여동생을 업은 엄마는 마치 미친 사람처럼 앞과 옆의 사람을 밀치며 뛰어갔다. 내 손을 잡고 뛰고 있는 동생은 오빠가 엄마 말처럼 자기를 버리고 갈까봐 그러는지, 자기는 열심히 뛰는데 속도가 안 나서 억울해서 그러는지, 울면서 뛰어오고 있다.

"나 떼어놓고 가면 안 돼, 옵빠!"

나는 눈으로 엄마를 쫓으면서 동생에게 소리친다.

"엄마가 너 떼어놓고 오래쟈녀, 빨리 뗘, 이 지지배야!"

끌다시피 동생을 달고 뛰었다. 엄마가 사람들을 밀치고 들어가면 우린 잽싸게 그 사이를 뚫고 열차에 올랐다. 장항선 완행열차를 타고 시골에 갔던 엄마와 나, 동생들은 이런 과정을 늘 거쳐야 했다. 이렇게 해서 좌석을 잡으면 가는 내내 편안했지만, 좌석을 못 잡아 통로에 앉거나 출입문 앞에 앉아 가게 되면 엄마는 보따리를 베개 삼아 잠들기 전까지 "저 놈의 지지배, 그냥 그냥……." 하면서 큰 여동생을 노려보았고, 가는 내내 우린 엄마의 눈치를 볼 수밖에 없었다.

아버지가 새벽밥을 먹은 후 석공 일을 나가자 엄마는 바로 미리 사 놓은 물건들을 챙기기 시작했다. 그것들은 시골에 가서 팔면 돈이 될 만한 물건들과 큰집에 가져갈 것들이다. 서울에서 일찍 출발해도 시골에 도착하면 거의 밤이 되니 엄마는 이른 아침부터 서둘렀다. 그때 엄마의 신경은 아주 예민했기에 나는 눈치껏 엄마를 도우며 동생들을 챙겨야 했다.

50번 버스를 타고 서울역에 도착해서 서부역으로 이동한 후 웅천행 완행기차표를 끊었다. 나는 국민학교 3학년인데 엄마가 기차표 파는 아저씨에게 "얘, 핵교 안 댕겨유!"라고 말할 때마다 땅을 쳐다보면서 아저씨의 시선을 피했다. 기차요금을 아끼기 위한 엄마의 거짓말은 4학년 때까지 이어졌다. 우리가 탔던 장항선이 완행열차 말고 특급열차라는 것도 있다는 것을 안 것은 고등학교 때다. 완행열차는 지정된 좌석이 없이 아무나 빨리 앉는 사람이 내릴 때까지 임자였으나 특급열차는 표를 끊을 때 좌석을 지정받을 수 있기에 열차를 타기 위해서 숨이 턱까지 차게 뛸 필요가 없다. 완행열차는 고향 웅천역까지 모든 역을 다 정차했기에 대략 6시간 정도 걸렸지만, 특급열차는 큰 역만 들르기 때문에 4시간밖에 걸리지 않았다.

엄마, 동생들과 같이 시골 갈 때 완행열차보다 훨씬 비싼 특급열차를 타 본 기억이 없다. 고등학생이 되어서야 타 본 특급열차의 앉는 의자는 고급 카펫으로 만든 등받이가 있고 속에 스프링이 들어 있어서 푹신했다. 실내조명도 훨씬 밝았고, 열고 닫는 창문도 완행열차와 사뭇 달랐다. 열차 실내외 페인트 색깔도 달랐고, 바닥도 훨씬 깨끗했으며, 열차 안에서 나는 냄새도 달랐다. 제일 신났던 것은 완행열차가 정차하는 역을 특급열차는 그냥 지나쳐 간다는 것이었다. 완행열차는 웅천역에 도착할 때까지 특급열차를 먼저 보내기 위해 몇 번씩이나 간이역에서 기다렸다가 출발했다. 완행열차가 정차하는 역에 있던 사람들이 내가 탄 특급열차가 지나가는 것을 부럽게 쳐다볼 때 기분이 참 좋았다. 그러나 뭐니 뭐니 해도 최고로 좋았던 것은 남보다 빨리 뛰어가서 자리를 잡지 않아도 내 자리가 나를 기다리고 있다는 것이었다.

그렇게 도착한 시골은 나에겐 천국이었다. 그곳엔 아버지와는 달리 술을 마셔도 그냥 자는 큰아버지가 있었고, 나랑 놀아줄 사촌형들과 몇 안 되는 어릴 적 친구들이 있었다. 하나뿐인 사촌 여동생이 내 여동생 둘과 놀아주었기에 동생들을 신경 쓸 필요도 없었다. 이곳이 고향인 엄마는 큰집에 오면 친구들 혹은 친척들과 놀다가 밤늦게 돌아오곤 했다. 엄마를 기다리지 않아도 밥을 주는 사람이 있어 배가 고프지 않았고, 저녁엔 아버지가 안 들어오니 마음도 편했다. 잠이 오면 언제든 잘 수 있었다. 무엇보다도 밤이 늦어 졸리면 엄마를 기다리지 않고도 언제든 잘 수 있었다.

느리게 가면 좋겠다고 생각하면 시간은 오히려 더 빨리 가는 것 같다. 서울로 가야 될 시간이 다가옴을 엄마의 움직임으로 안다. 올라갈 때와는 반대로 엄마는 장에 가서 서울로 갖고 가서 팔면 돈이 될 만한 물건들을 사온다. 장바구니 속엔 계란, 다듬이돌, 마늘, 쌀 등이 들어 있다. 어느 땐 흑염소를 잡아온 적도 있다.

기차 출발 시간에 맞춰 큰형이 리어카에 짐을 싣기 시작하면 그때부터 난 말이 없어진다. 그 이유는 나만 안다. 큰형이 모는 리어카가 웅천역 기차 타는 곳 바로 앞에 도착할 때까지 나는 땅만 보고 걷는다. 뒤에서 리어카를 밀면서 흐르지도 않는 땀을 닦는 척 코를 훔친다.

'가기 싫다. 정말 가기 싫다. 여기서 그냥 도망가 버릴까!'

동생은 뭐가 좋은지 사촌동생과 수다가 한창이고, 엄마는 "꽁아, 좀 씨게 밀어라!"며 다그친다. 작은 다리를 지나 코스모스가 많이 피어 있는 큰 다리를 지나가고 있다. 땀을 흘린 척 눈물을 닦다 보면 역에 도착한다. 모두들 왼쪽에 기차가 오나 보고 있지만 난 기차가 오는 쪽을 안 본다. 디젤 엔진의 기차 엔진소리와 바퀴 밑 철길이 만들어내는 금속 끽음이 공포가 되어 들린다. 잠시 잊고 있던 아버지가 떠오르자 서울에 가면 닥칠 두려움이 파도가 되어 가슴을 때린다.

그 많은 짐을 어떻게 서울역에서부터 면목동 셋방살이 집까지 갖고 왔는지 기억에 없다. 하지만 집 문을 열 때의 긴장감은 지금도 생생하다. 집 안에 소리가 없어도 그렇고, 있어도 그렇고, 그냥 집에 들어가는 것만으로도 긴장되고 불안했다.

회사가 있는 독산역에서 퇴근하려고 전철을 기다리다 보면 가끔 디젤 기관차가 지나간다. 기관차의 디젤 엔진 소리는 그때나 지금이나 변함없이 심장을 뛰게 한다. 열차가 지나가면서 내는 끽음도 여

전히 그때처럼 우렁차다. 나는 여기에 서 있으나 내 시선은 웅천역
에서 서울행 열차가 들어오는 순간에 멈춘다. 나도 모르게 안경을
벗고 눈곱을 닦는 척 손등으로 눈물을 훔친다.

핵교 마당

우리 동네 집들 중에서 마당이 제일 넓은 곳은 내가 다니던 국민학교 운동장이다. 그때나 지금이나 동네 사람들은 그곳을 사투리로 '핵교 마당'이라 부르고 있다. 원래는 학교 운동장이라 해야 맞지만 난 핵교 마당이라 부르는 것이 좋다.

엄마들에게 학교 앞 개울의 빨래터가 그들만의 자유로운 소통 공간이라면, 동네 아이들에게는 핵교 마당이 가장 활기차고 재미있는 공간이다. 대부분의 또래 친구들에겐 동생이 있어 학교 수업이 끝나면 책보를 집에 가져다 놓고 동생을 업고 나와 다시 만난다. 물론 집에도 안 가고 바로 핵교 마당에서 노는 친구들도 있다. 지금 생각해 보면 그 친구들은 엄마를 대신해서 돌봐야 할 동생도 없고, 나무를 해야 한다든가 흑염소를 개울 넘어 밭둑길로 끌고 나가 풀을 먹이지 않아도 되는 부러운 애들이었다.

어느 정도 시간이 흘렀는데도 나오지 않는 친구들을 우린 찾지 않는다. 모인 친구들은 안 나온 친구들이 왜 못 나오고 있는지 알기 때문이다. 누구는 뒷산에 엄마가 나무를 해오라고 시켜서 자기 몸집보다 더 큰 지게에 낫을 꽂고 올라갔을 것이고, 어떤 애는 흑염소에게 풀을 먹이기 위해 여기저기 말뚝을 박고 빼기를 반복하고 있을 것이다. 이런 애들은 대부분 동생이 없는 애들이다.

수업 후 핵교 마당에 나오지 않은 아이들 중 대부분이 각자의 숙제보다 더 중요한 엄마에게서 부여받은 집안일을 마쳤는데도 저녁 먹을 때까지 시간이 남으면 친구들이 놀고 있는 핵교 마당으로 동생을 업고 다시 나왔다. 학교 수업이 끝나고 저녁 먹으러 집에 들어가기 전까지 핵교 마당은 함께 노는 마당이다. 집에 갔다가 다시 나오지 못한 애들은 다음날 학교에 나왔을 때 누가 물어보지도 않았는데 자기들이 먼저 무슨 일이 있어서 못 나왔다고 설명하면서 대부분 엄마에 대한 불만을 이야기했다. 그럴 때면 꼭 몇 명은 콧물을 소매로 닦으며 약간은 흥분해서 떠들었는데 그런 애들의 팔소매는 콧물로 반질반질했다.

핵교 마당에서 놀던 애들은 집에 들어갈 때를 감각적으로 안다. 내가 살던 집과 친구들 집은 대부분 언덕 위에 있었고, 우리가 놀던 핵교 마당은 언덕이 시작하는 곳에 바로 붙어 있어서 놀다가 고개만 올리면 동네 집들이 보였다. 우리는 엄마가 부르지 않아도 들어가야 될 때를 밥 짓는 냄새로 안다.

핵교 마당에서 놀고 있는 애들 집은 한두 명을 제외하고는 모두가 초가집이다. 기와집도 초가집도 아궁이의 연기를 빼는 굴뚝은 모두 있었다. 저마다의 굴뚝에서는 그 집에서 밥 짓는 양만큼의 연기가 나왔다. 연기는 스멀스멀 굴뚝을 빠져나와 아궁이에서 참았던 숨을 내쉬며 초가지붕을 보듬은 후 구름으로 다가가듯이 올라갔다가 다시 핵교 마당으로 내려와 놀고 있는 우리들에게 이제 집으로 가라고 손짓한다. 비 개인 저녁이면 밥 냄새는 훨씬 더 선명하고 진했다.

우리 집에는 아버지가 타고 다니는 큰 자전거가 있었다. 자전거 이전엔 우리 집 조그만 마당의 아카시아 나무 옆에 오토바이가 있었다. 아버지는 엄마 몰래 오토바이를 샀고, 엄마와 아버지는 오토바이가 자전거로 바뀔 때까지 매일 악다구니를 쓰며 서로 싸웠다.

어느 날 아버지가 오토바이 대신에 자전거를 타고 왔는데 자전거 뒤에는 세발자전거가 묶여 있었다. 그 세발자전거의 양쪽 손잡이 끝에는 다양한 색깔의 비닐들이 바람에 나풀나풀 흔들리고 있었다. 엄마와의 다툼 끝에 아버지는 결국 오토바이를 팔게 되었고, 그 값으로 큰 자전거와 세발자전거를 사 온 것 같았다. 그 세발자전거는 내가 아버지에게서 받은 처음이자 마지막 선물이었다. 이후 아버지에게 어떠한 물건도 받아본 기억이 없다.

엄마가 저녁을 하는 동안 세발자전거 뒷자리에 여동생을 태우고 마당의 아카시아 나무를 빙글빙글 돌면서 밥 먹으라고 부를 때까지 타고 놀았다.

낮부터 내린 비는 저녁이 되자 그쳤고, 나는 여느 때처럼 동생을 태우고 마당을 돌고 있었는데 미끄러져 뒹굴고 있다는 느낌과 함께 정신을 잃고 말았다.

여동생의 울음소리에 깨어 보니 동생과 나, 그리고 소중한 내 세발자전거는 비가 와서 불어난 집 옆 개울에 처박혀 있었다. 울고 있는 동생의 엉덩이 밑에는 개구리가 깔려 죽어 있었다. 동생의 울음소리에 밥 짓던 엄마가 쫓아왔고, 나는 핵교 마당으로 도망가 숨어버렸다. 저녁 늦게 몰래 집으로 들어왔는데 식구들은 모두 잠들어 있었다.

그날 이후 난 세발자전거를 타지 못했다. 목이 부러져서 탈 수 없게 된 자전거는 뒷간 옆 제멋대로 자란 호박잎 그늘 속에 주저앉아 있었다. 나는 학교에서 돌아오면 망가진 자전거를 한번 보고 방으로 들어가곤 했다.

어느 날 학교에서 돌아와 자전거 있는 곳으로 가 보았더니 매일 쳐다보았던 자전거가 보이지 않았다. 소스라치게 놀라며 엄마에게 물어봤더니 고물장수에게 팔았다고 태연하게 대답한다. 내 생애 처음이자 마지막으로 아버지에게서 받았던 세발자전거는 그렇게 사라져버렸다.

학교 수업 후 집에 왔을 때 집 마당 아카시아 나무 옆에 아버지의 자전거가 있으면 무척 신난다. 그날 아버지의 자전거는 내 차지가 된다. 자전거가 집에 있는 날은 비가 와서 아버지가 석공 일을 나가지 않았거나 전날 술을 엄청나게 많이 마셨을 경우다. 내 기억 속 집에 있는 아버지는 술이 깰 때까지 엄마와 싸우거나 물건을 부수거나 아니면 잠을 자는 사람이다. 그래서 나는 아버지가 잘 때가 제일 좋았다.

나에겐 비가 오는 것도, 전날 아버지가 어떻게 했는지도 중요하지 않다. 안장 높이가 내 키와 비슷한 자전거를 힘겹게 핵교 마당까지 끌고 간다. 그리곤 월요일마다 교장 선생님이 훈시하는 시멘트로 만든 커다란 단상 옆에 자전거를 세워놓고 바지를 걷는다. 자전거의 페달에 오른쪽 다리를 집어넣은 후 힘차게 왼발로 자전거를 밀면 그 힘으로 자전거가 앞으로 나아간다. 동시에 오른쪽 다리에 힘을 주면서 페달을 밟는다. 나보다 훨씬 큰 아버지의 자전거는 마치 강 위의 나룻배처럼 넘어질 듯 말 듯 기우뚱거리며 앞으로 나간다. 그렇게 되기까지 수없이 넘어졌고, 무릎은 멍들고 깨졌다. 그러다가 어느 정도 속도가 붙을 만큼 자전거 타는 실력이 늘게 되었고, 친구들과 누가 더 빨리 가나 시합까지 하게 되었다.

자전거 위에서 바라본 풍경은 걸을 때와 달라 보인다. 자전거를 타고 달려갈 때 내 몸에 스며들던 바람은 눈물로 축축했던 가슴을 말려 준다. 아버지의 자전거는 땅만 쳐다보며 걷던 나에게 앞을 보게 해주었다. 그때 탔던 자전거는 비인 이모네 갈 때 타 보았던 버스 다음으로 빠른 속도를 내는 탈 것이었다.

자전거를 타고 놀던 그때의 핵교 마당은 지금도 그대로 있다.

외할아버지

저녁 무렵 누런 두루마기를 입은 외할아버지가 힘겹게 언덕을 올라 집으로 오고 있다. 외할아버지는 우리 집에서 살았다. 내 기억의 단편은 외할아버지 무릎에 앉아 발라주는 꼬막을 입만 벌리고 받아먹고 있는 모습으로 이어진다.

내가 울어서 엄마가 엉덩이를 몇 대 때리면 외할아버지는 "간중이 왜 때리냐? 때릴려면 나 안 볼 때 때려라!" 하면서 식사도 하지 않고 나간다. 유년기를 보낸 시골에서 나를 부르던 호칭은 '간중이'다. 이 호칭은 외할아버지 때문에 내 애칭이 되어 버렸다.

할아버지의 직업은 석공들이 비석에 새길 한자를 써주는 일이었다. 글씨를 모르는 석공들은 할아버지가 써준 글씨가 적힌 종이를 돌에 붙여서 정으로 글씨를 팠다. 한글도 모르는 사람이 많은 시골에서 한자를 쓴다는 것은 대접받기에 충분했다. 외할아버지는 일이 끝난 후 집에 오면 나를 무릎에 앉히고 손으로 생선을 발라 밥 위에 얹어 나부터 먹인 후에야 식사를 했다.

지금도 어머니는 갈치가 밥상에 오를 때마다 외할아버지 이야기를 한다.

"살은 발라서 니 입에 넣어 주시고, 아부지는 뼈만 빨아 드셨지."

저녁식사 후에도 외할아버지는 나를 옆에 끼고 있다가 잠이 들어서야 놓아주었다. 조금 큰 후에는 아예 외할아버지 방에서 아침까지 같이 잤다. 나에겐 돌 지난 지 얼마 안 돼서 하늘의 별이 된 형이 있었다. 그런 일이 있은 후에 내가 태어났다. 그래서인지 몰라도 나는 분명 외할아버지의 전부였다.

우리 초가집 앞마당에 사람이 가장 많았던 날, 앞마당 가운데에는 흰 천막이 쳐져 있었고 나는 엄청나게 울고 있었다. 누가 달래도 듣지 않았고, 너무 울어서 가슴이 아팠다. 나중에는 울음소리 대신 가슴에서 끙끙거리는 소리만 났다.

아주머니가 "쟤 아무래도 지 외할아버지가 땅 속으로 들어가는 걸 봐야 다시 안 찾을 것 같으니 델꼬 가야지 안 되겠어! 저러다 쟤

죾이겄어!" 하면서 나를 등에 업었다. 외할아버지 상여를 따라갔던 길 옆에는 조그마한 개울이 흘렀고, 상여는 산언덕을 넘었다. 아주머니 등에서 나는 내려졌고, 내 훨씬 앞에 상여가 보였다. 사람들의 흐느낌이 기억 속에 있고 그쪽을 바라보는 내가 사람들과 같이 있다. 어머니 말에 의하면 그때 내 나이는 서너 살쯤이었을 거라 한다.

지금도 매년 봄, 가을에 부모님을 모시고 고향 웅천에 가고 있다. 이 여행을 지속하는 것은 어머니가 고향 가는 것을 제일 좋아하기 때문이다. 어머니의 고향길 최고의 행복은 부모님을 만나는 것임을 나는 안다. 아마 이 여행은 어머니가 그만 가자고 할 때까지 이어질 것 같다.

외할아버지 산소 앞에 가면 밭 옆에 차 한 대 주차할 정도의 조그마한 공간이 있다. 그 공터는 지금도 산소 근처에서는 제일 넓다. 바로 옆은 주인이 있는 밭이고, 한쪽은 낭떠러지다. 이 장소가 낯설지 않아 어머니에게 물어본 적이 있다.

"어머니, 혹시 외할아버지 돌아가셨을 때 나 여기에 있지 않았어요?"

"그려, 여기서 너를 업고 온 대천 아주머니 허고 외할아버지 가시는 걸 봤지!"

외할아버지가 돌아가셨을 때의 모습을 기억하기 어려운 어린 나이였음에도 그 당시의 내 기억은 놀라울 정도로 정확했다.

외갓집 어른들이 많이 살고 있는 대천에 종종 들러 인사를 드릴 때마다 "니 외할아버지가 너를 엄청 이뻐하셨는디!", "너를 무르팍에서 내려놓지를 않으셨단다!", "그때 그 간중이가 너냐?"라는 대답이 되돌아온다. 외가 어른들은 나를 보면 돌아가신 외할아버지 생각이 난다고들 한다. 외할아버지의 상여길에서 나를 업어주었던 아주머니도 그중 한 분이었는데 나와 마주칠 때마다 이렇게 말했다.

"얘가 지 외할아버지 돌아가셨을 때 죽을 것처럼 자지러지게 울었던 그 간중이구먼! 몰러 보겠네."

노인들의 대화는 이상하게도 매번 큰 차이가 없다. 마치 그 순간에 기억이 멈춰 있듯이!

몇 해 전 사회에서 만난 사람들과 부탄으로 단체여행을 간 적이 있다. 부탄의 도로는 대부분 비포장 흙길이었고, 집 또한 흙으로 만든 집이 많았다. 사람들 옷도 수수하다 못해 남루하기까지 한 것이 어렸을 적 내가 자란 시골 풍경과 동네 사람들 같았다.

아들 갖기를 소원하는 여자가 정성을 들이면 아들을 얻는다는 부탄의 어느 유명한 절이 관광 일정에 있어서 다녀오는 길이었다. 우리 일행이 내려가는 길 앞에서 어느 노인이 걸어 올라오고 있었다. 햇볕에 검게 탄 얼굴은 세월의 주름과 함께 깊게 파였으나 정면을 바라보는 시선만큼은 날카롭게 살아 있었다. 사람의 생기는 눈에 나타난다고 했다. 분명 이 분은 누군가가 기다리고 있는 곳으로 향하는 것 같았다. 지팡이를 쥔 손에는 힘이 들어가 있었다. 발걸음은 가벼워 보였고, 주름진 얼굴엔 의외의 미소가 보였다. 분명 기다리고 있을 누군가를 생각하면서 즐거운 마음으로 힘든 언덕길을 올라오고 있는 것으로 보였다.

"니 외할아버지는 비인 이모네 가실 때는 '며칠 있다 올껴!' 하면서 가시고서는 그날 저녁에 바로 오셨지. '아부지, 며칠 있다 오신다면서 왜 오늘 오셨슈?' 하고 물어보면 니 할아버지는 '아, 간중이 보고 싶어서 빨리 왔지! 그 집 애들은 콧물도 흘리고 하나도 안 이뻐!' 하면서 집에 오자마자 너를 무릎에 앉히셨단다. 넌 외할아버지가 오실 때를 용케 알더라. 어느 땐 밥하다가 니가 '울 할아버지 저기 오신다!'하고 소리쳐서 내려다보면 영락없이 아버지가 올라오고 있었지, 참!"

지금의 어머니는 외할아버지가 돌아가실 때보다 훨씬 늙었고 나이도 많다. 아버지는 몇 년 전에 그동안 즐겨 피우던 담배를 끊었지만 어머니는 아직 피운다.

산소 앞에서 어머니가 내뿜는 담배연기에서는 외할아버지 냄새가 난다.

깜보 친구

"콩아, 넌 지금까지 뭐 헌 거냐?"

친구는 짜증난다는 표정과 자세로 내 지게를 쳐다보며 물었다. 그 친구와 나는 한동네에 살고 있고, 내 부모와 그 친구의 부모도 서로 친구다. 그리고 우린 둘 다 위에 형도 누나도 없고 오로지 귀찮은 동생들만 있다. 그 친구는 나보다 두 살이 많지만 같은 학교 같은 반이다. 나보다 힘도 세고 덩치도 커서 그런지 나무를 하는 것도 내가 따라가지 못할 정도로 빠를 뿐만 아니라 해 오는 나무 양도 나와는 비교가 안 될 정도로 많다. 둘 다 집에 키우는 동물이 없다. 학교 갔다 오면 엄마는 동생을 보라고 하든가 아니면 뒷산에 가서 나무를 해 오라고 했다. 말 안 듣고 제멋대로이며 동네에서 울뱅이로 통하는 여동생을 보는 것보다 뒷산에 나무하러 가는 게 나는 훨씬 좋았다.

엄마가 나무하러 가라고 하면 어김없이 그 친구네 집으로 간다. 우리 집에서 나와 왼쪽으로 돌아 탱자나무가 있는 골목길을 따라 조금만 내려가면 그 친구네 집이 나온다.

"뭐 허냐? 낭구 허러 가자!"

"응! 그려. 엄니, 콩이랑 나무허러 갔다 올게유!"

엄마의 허락을 받은 친구는 나와 함께 저보다 큰 지게들을 각자 짊어지고 우리 집을 거쳐 뒷산으로 나무를 하러 간다. 그 친구는 지게를 받쳐놓자마자 바로 어디론가 낫을 들고 간다. 친구의 지게 옆에 내 지게를 받쳐 놓은 나는 산 아래 풍경을 내려다본다.

신작로에는 '제무시'라 불리는 큰 차가 집만큼 커다란 돌을 싣고 거친 숨을 몰아쉬면서 어디론가 가고 있다. 잠시 후 내가 지금까지 본 물체 중 덩치도 제일 크고 소리도 가장 큰 우람한 기차가 보인다. 웅천역을 출발해서 마치 구렁이가 돌담을 끼고 돌아가듯 철로 만든 다리를 건너 대천 방향으로 올라오고 있다. 그때 들은 디젤 기관차의 엔진 소리는 천둥소리 다음으로 큰 소리였다.

겨울이 올 때쯤 나와 친구 몇 명은 썰매 탈 때를 위해 미리 엿으로도 바꿔 먹지 않고 숨겨 놓은 귀한 대못을 각자 챙겨 들고 기찻길로 간다. 그 대못은 썰매 밀대의 제일 끝 꼬챙이에 박힐 못이다.

기차가 지나갈 시간을 대략 아는 우리는 철길 언덕 밑에 납작 엎드려 기차가 오는 소리를 듣는다.

"야! 기차 오는디!"

그러면 모두 엎드려 철길에 다시 귀를 갖다놓는다. 기차가 이동하는 철길은 일정한 간격으로 이어져 있다. 쇠로 만들어 이어져 있는 일정한 철도 사이사이를 기차가 지나갈 때마다 기차 바퀴는 철커덩 철커덩 쇳소리를 독백처럼 토해낸다. 내가 엎드려 귀를 대고 있는 곳으로 기차가 다가올수록 그 소리는 크게, 그리고 명확하게 들린다는 것을 누가 알려주지 않았지만 우린 잘 알고 있었다. 철로에서 들은 소리로 기차가 지나갈 적당한 시간을 짐작한 후 준비해 온 대못을 각자 띄엄띄엄 철로 위에 올려놓은 후 언덕 밑에서 기차가 지날 때까지 대못을 지켜본다.

어느 경우엔 올려놓은 대못이 기차 바퀴에 튕겨나가 찾지 못하는 경우가 있기에 대못에 온 신경을 집중해야 한다. 지금 저 대못은 몇 번이나 엿으로 바꿔 먹고 싶어도 참았던 것이고, 겨울에 내 썰매를 힘차게 밀어줄 밀대 꼬챙이에 쓸 소중한 것이기에 숨을 죽이고 쳐다볼 수밖에 없다.

지금 생각해보면 기차가 탈선할 수도 있는 엄청나게 위험한 짓이었다. 직선 길에 놓아야 잊어버리지 않는다는 경험으로 그나마 직선 철로에 놓은 게 천만다행이었다.

그렇게 놀던 기찻길 아래 신작로에는 작은 다리, 그리고 큰 다리로 불리던 다리가 있다. 신작로 옆에 피어 있는 코스모스는 개천에서 불어오는 바람에 맞추어 멋대로 춤을 추고 있다. 나는 작은 다리와 큰 다리를 건너기 전에 코스모스를 손가락 두세 마디 정도 밑으로 꺾어서 몇 개를 손에 쥔다. 코스모스 꽃잎 한 쪽을 떼어내고 한 칸씩 건너 떼어내어 네 장의 꽃잎만 남게 되면 살짝 돌리면서 다리 밑으로 던진다. 코스모스는 빙빙 돌면서 불어오는 바람을 따라 춤을 추며 떨어진다.

오고갈 때 그렇게 건너 다녔던 작은 다리와 큰 다리를 한참 바라보며 앉아 있다 보면 친구는 어느새 한 묶음의 나무를 야무지게 칡으로 묶어 질질 끌면서 나에게로 온다.

"참나, 넌 뭐했냐!"

나는 늘 그래 왔듯이 멀뚱히 그 친구만 바라볼 뿐이다.

"내가 너 그럴 줄 알았응께 이놈은 니 지게에 메구 가. 난 저짝에 해놓은 거 메구 갈 띵게!"

친구는 좀 떨어진 곳에 이미 본인이 해 놓은 다른 나뭇짐 뭉치들이 있는 곳으로 자기 지게를 메고 가고, 나는 그 친구가 대신 해 준 나뭇짐을 내 빈 지게에 올려놓고 집으로 내려간다. 우린 늘 그랬다. 봄에 진달래가 지천으로 필 때면 나는 지게를 베고 누워 하늘을 보고 있다가 그것도 싫증나면 진달래를 따서 먹고 놀기도 했다. 그러면 그 친구는 꼭 내 몫까지 나무를 해서 지금처럼 몇 마디 하고 나에게 주고 갔고, 나는 그 친구가 해 준 나뭇짐을 내가 한 것인 양 지게에 싣고 왔다.

동네 애들하고 했던 몇 가지 놀이 중 딱지치기 놀이가 있었다. 보통 다 쓴 공책이나 집에 있는 종이 혹은 재수 좋게 동네에서 주운 종이로 두 장을 각각 접은 후 동서남북으로 빗대어 정사각형 모양으로 접으면 우리가 가지고 노는 딱지가 되었다. 그 당시 뒷간(화장실)에 갈 때 어른들만 용변 후 종이로 뒤처리를 했을 정도로 종이가 귀한 시절이었다. 어쩌다 동네에 오는 엿장수 아저씨에게 딱지를 한 뭉텅이 주면 아저씨는 구멍이 송송 뚫려 있는 눈처럼 하얗고 달콤한 엿으로 바꿔 주었다.

그때나 지금이나 나는 누구랑 내기해서 따 본 기억이 없고 이겨 본 기억도 없다. 악착같이 달려들어 무언가를 죽기 살기로 하는 사람을 보면 나는 오히려 그런 사람이 슬퍼 보이고 안쓰러워 보인다. 동네 애들하고 딱지치기를 하면 항상 잃었던 나와 달리 그 친구는 모두 땄다. 내가 그 친구보다 잘하는 것은 한글을 조금 더 잘 읽고 쓸 줄 알고, 더하기 빼기를 좀 더 잘한다는 것뿐이었다. 나와 그 친구 부모님 모두 글을 모르고 산수가 어려운 분들이었기에 우린 둘 다 숙제를 도와줄 사람이 없었다.

　엄마가 시킨 일이 모두 끝난 저녁이 되면 친구는 공책과 연필을 들고 동생이 다섯이나 있는 집을 나와 우리 집으로 왔다. 사기 등잔불이 켜진 방 한쪽에 우리 둘은 배를 깔고 나란히 누워 선생님이 내준 그날의 숙제를 같이 하곤 했다. 다음날 아침에 세수를 하면서 코를 풀면 까만 재가 스멀스멀 나오곤 했다. 같은 시간, 같은 교실에 있었는데 그 친구는 선생님이 무슨 숙제를 내주었는지 매번 나에게 다시 물었다. 어떤 때는 내가 형처럼 그 친구 공책으로 내 손을 옮겨 가서 친구가 잡은 연필 위에 내 손을 포개어 같이 숙제를 하곤 했다. 그 친구가 숙제를 해오지 않아 칠판 앞에서 무릎 꿇고 두 손 들어 벌서는 날은 전날 저녁에 우리 집에 오지 않은 날이었다.

　"꽁아, 우리 깜보(같은 편) 하자! 동네 딱지 우리가 다 따서 그걸루 엿 바꿔 먹자. 으뗘?"

숙제로 매번 신세진 것이 미안해서 그런 건지는 모르겠지만 어느 날 그 친구는 나에게 깜보를 하자고 제안했다. 딱지치기를 하면 다 잃는 나에 비해 늘 따기만 하는 그 친구의 제안에 우린 바로 깜보가 되었다. 그날 이후 동네 애들에게서 딴 딱지는 점점 불어났다. 딱지가 불어날수록 우린 불안해지기 시작했다. 우리가 딴 딱지를 어른들에게 들키는 날엔 그 딱지는 그날로 적당한 크기로 잘려서 방 안쪽에 겹겹이 쌓여 뒷간에 가는 어른들의 손에 들려 사라질 것이라는 것을 잘 알고 있기 때문이다.

우리 둘은 궁리 끝에 우리 초가집 처마 끝에 있던 돌 절구통(돌절구)에 그동안 땄던 딱지를 모두 넣어 두고 각자의 집으로 들어갔다. 아주 가끔 집안 어딘가에서 돌쟁이(석공)였던 아버지가 쓰다 버린 쇠정을 발견할 때가 있다. 그 못쓰게 된 정으로 엿을 바꿔 먹을 때가 시골에서 보낸 내 유년시절 최고의 행복이었다. 그 엿은 동생에게도 나누어 주었고, 한 조각 부러뜨려 다른 친구 몰래 그 친구에게만 주면 "내가 낭중에 니 낭구 또 해 줄께잉!" 하면서 서로 쳐다보면서 맛있게 빨아먹었다. 저 절구통에 있는 딱지로 입에 넣으면 살살 녹는 그런 엿을 내일이면 또 먹을 수 있다는 생각에 밤에 잠이 오지 않았다. 보통 즐거워서 잠이 오지 않을 때는 봄, 가을에 가는 소풍날이지만 소풍을 가는 날보다 내일이 더 기다려졌다. 왜냐하면 소풍을 가는 날에도 엿을 먹어 본 기억이 없기 때문이다.

우리가 수업을 마치고 느그적 느그적 걸어와도 엿장수 아저씨는 큰 쇠가위를 위 아래로 치면서 쇳소리를 내며 동네에 한참을 머물고 있었다. 거의 매일 오는 엿장수가 어쩌다 하루 안 오는 날이면 그 다음날은 어김없이 동네에 찡끄렁 찡그렁 소리를 내며 온다. 어제 오지 않았으니 오늘은 꼭 오는 날이다.

다음날 학교를 마치자마자 어깨를 가로질러 메고 있던 책보를 우리 집 방에다 아무렇게나 던진 후 우린 서로 가자는 말도 없이 딱지를 넣어 둔 돌 절구통을 향해 숨이 턱에 차게 뛰었다. 돌 절구통 안을 보는 순간 우리는 기절할 뻔했다. 우리가 며칠을 따서 모아 놓은 딱지가 오줌에 둥둥 떠 있었던 것이다.

"난 인제부턴 니허고 깜보 안 혀!"

친구는 자기 집으로 가 버렸다. 그 후로 나하고 같이 나무도 하러 가지 않았고, 숙제를 하기 위해 우리 집으로 오지도 않았다. 나도 그 친구를 찾지 않았다. 우린 서로 그렇게 하루하루를 흘려보냈다.

그 후 얼마 지나지 않아서 엄마와 나는 동생들과 함께 아버지가 있는 서울로 이사를 갔다. 친구들과 놀면서 보았던 우람한 기차를 타고서 말이다. 그때 나는 국민학교 2학년이었다. 이후 서울에서 학교를 다니다가 어쩌다 시골에 가면 가끔 그 친구를 만나곤 했다. 친구는 중학교 진학을 하지 않았고, 아버지를 따라 석공이 되어 돌 공장에서 일했다. 그렇게 세월은 흘러 우리는 결혼도 하고 아이도 낳으며 서로의 길을 갔다.

어느 날 부모님과 고향에 갔을 때 만난 그 친구는 나를 보자마자 울기 시작했다.

"공아, 울 마누라 도망갔어!"

사정을 들어보니 친구는 아버지랑 돌 공장을 하면서 동생 다섯을 뒷바라지 했다. 아내는 그런 남편과 시아버지를 돕는다고 무창포 해수욕장에 가서 여름철 피서객들을 상대로 해산물을 팔곤 했다고 한다. 그러던 어느 날 일을 끝내고 집에 왔더니 장롱이 열려 있었고, 그동안 모아놓은 돈이 들어 있는 통장과 도장이 없어진 것이다. 집을 나간 아내의 행방은 찾을 수 없었고, 그 이후에도 소식이 없다고 했다.

또 한참 세월이 흐른 어느 날 친구의 돌 공장에 들렀다. 친구는 큰 덩치의 어깨가 흔들릴 정도로 격하게 울먹이면서 수원에서 대학교를 다니던 아들이 얼마 전에 교통사고로 죽었다는 말을 토해 놓았다.

그 친구와 나는 서로의 전화번호를 알고 있지만 서로 연락을 거의 하지 않는다. 그런데 최근에 그 친구로부터 전화가 왔다.

"꽁아, 내 딸 시집간다. 걔 시집가면 난 인제 허전해서 어떻게 산다냐!"

우린 한동안 말이 없었다. 음성을 대신해서 울먹이는 소리만 들렸다. 적당히 할 말을 찾지 못한 나는 한참 후에 "내가 조만간 내려갈게, 소주 한잔 허자"고 했고, "그려" 하는 대답으로 통화는 끝났다.

지금도 여전히 그 친구는 철길이 보이는 곳에서 돌 공장을 하고 있다. 깜보를 맺었던 그때나 지금이나 서울로 올라가는 기차도, 장항으로 내려가는 기차도 굉음을 내며 철다리를 지나간다. 겨울이면 썰매를 타고 놀던 철다리 밑의 썰매장도, 대못을 올려놓고 가슴 졸이며 기차를 기다리던 기찻길도 눈물을 머금고 아직 그대로 있다.

껌 한 통

국민학교 1학년 담임 선생님은 저녁때가 지났는데도 집에 가지
않고 학교 마당에서 놀고 있는 내 손을 잡으며 말했다.

"선생님 집에 가서 밥 먹고 가라!"

선생님의 아버지는 장터 근처에서 한약방을 했다. 그 집 반찬 중
에서 제일 눈에 띈 것은 짙은 노란색 계란찜이었다. 맛있는 냄새를
폴폴 풍기며 밥상 한가운데를 차지하고 있는 그놈을 먹기 위해 나는
선생님의 숟가락이 지나가기를 기다렸다가 지나가자마자 얼른 퍼먹
었다.

우리 집 밥상에도 새우젓이 들어간 짭짤한 계란찜이 올라올 때가
있다. 평소엔 먹어 보지 못하는 노란 계란찜은 서울로 일하러 간 아

버지가 한참 만에 집에 올 때만 구경할 수 있는 특별한 반찬이다. 엄마는 우리를 한번 힐끗 쳐다보면서 아버지 밥그릇 앞에 김이 폴폴 나는 계란찜을 내려놓았다. 어린 나이였지만 우린 엄마의 그 눈짓을 알고 있었다. 눈치 없이 한 번 먹은 이후로는 아버지가 먹으라고 하기 전까지 내 숟가락은 계란찜 근처에도 가지 않았다. 아버지는 적은 양을 겨우 남겨 주었고, 그걸 기다리며 일부러 밥을 천천히 먹은 나는 남겨진 놈을 맛있게 먹은 기억이 있다. 그렇게 어쩌다 먹어 본 엄마의 계란찜보다 선생님네 집에서 먹은 계란찜은 훨씬 더 노랗고 맛있었다. 그건 아마 한약방을 하는 선생님 아버지가 부자여서 계란을 많이 넣었기 때문이었을 것이다.

　　학교가 끝나고 집으로 돌아갈 때는 늘 마음이 편치 않다. 돌 공장 일을 마치고 아버지가 돌아올 저녁때가 다가오면 불안 섞인 긴장감은 더해 간다. 마당 입구에 한쪽 팔만 겨우 매달려 있는 싸리문도 불쌍해 보인다. 문이 제자리에 붙어 있는 때보다 떨어져서 덜렁거릴 때가 더 많았다. 그나마 내가 칡이나 돌아다니는 노끈을 주워서 담이라고 엮어 놓은 나무들 틈에 묶어 놓아서 문이라는 명분을 유지하고 있는 것이다. 내가 살던 초가집은 방이 두 개였는데 그 두 개의 방 문짝도 붙어 있을 때보다 떨어져 있을 때가 많았다. 밤에는 문짝 대신 누런 국방색 담요로 방문을 가리고 자는 날도 더러 있었다.

　비가 오는데 엄마와 동생들은 어디로 갔는지 모르겠다. 안방에서 코를 골며 자고 있는 아버지가 싫다. 툇마루에다가 책보를 던져놓는 소리가 제법 컸는데도 아버지는 움직임이 없다. 마당 앞 아카시아 나무에 기대어서 비를 맞고 있는 아버지의 자전거가 보인다. 자전거를 끌고 엄마가 학교 앞 개울에서 고동을 잡아오면 삶은 고동을 빼 먹을 가시를 잘랐던 탱자나무가 있는 골목길을 지나간다. 여기서 조금만 더 내려가면 깜보 친구 집이 나오고 그 집을 돌아 언덕 밑에 있는 학교 담을 지나면 신작로와 만난다. 왼쪽으로 가면 대천을 거쳐 서울로 가는 길이고, 오른쪽은 장항으로 가는 길이다. 대천 방향으로 조금만 더 가면 일 년에 두 번 소풍을 가는 무창포 해수욕장과 대천 방향으로 가는 갈림길이 나온다. 신작로에서 정면으로 보이는 길은 부여 방향인데 수부리 큰엄마 집으로 가는 길이다. 그 집엔 나보다 한 살 많은 형이 있고 세 살 많은 누나도 있다.

　갑자기 과자도 팔고 빵도 파는 점방을 하는 큰엄마 생각이 났다. 큰엄마는 우리 엄마보다 나에게 더 잘해 주었고 더 많이 웃었다. 설날에 받은 세뱃돈으로 몇 번이나 고민에 고민을 한 다음 크게 마음먹어야 먹을 수 있는 크림빵이나 눈깔사탕을 형은 아무 때나 먹을 수 있다. 형의 아버지는 돌아가셨다. 그래서 그런지 몰라도 큰엄마는 형이 점방에서 갖다 먹는 거에 대해서 뭐라 하지 않았다. 언젠가 형이 잘라 주었던 크림빵이 떠올랐다.

'형이 있으면 크림빵을 먹을 수 있겠다.'

잠깐의 망설임도 없이 아버지의 자전거에 오른쪽 다리를 집어넣었다. 버스 대합실이 있는 구 장터 삼거리를 지나 언덕길을 올라서 기차 건널목을 건넜다. 그 길 건너 오른쪽에는 돌 공장이 나란히 이어져 있다. 이전에 버스를 타고 지나갔던 기억을 더듬으며 페달을 밟았다. 자전거는 노 젓는 나룻배처럼 기우뚱거리며 앞으로 나아갔다. 버스를 타고 지났던 정거장을 여럿 지나자 낯익은 장소가 보였다. 큰집은 국민학교 옆에서 점방을 했기에 그 국민학교를 지나면 거의 다 왔다는 것을 알 수 있다.

"큰엄니, 저 왔슈!"

점방 미닫이문을 옆으로 밀자 도르륵 소리가 났다.

"오메, 이렇게 비가 많이 오는디 뭔 일이라냐! 니 혼자 온 겨?"

방문이 열리면서 큰엄마가 호들갑스럽게 나온다.

"형 있슈?"

"핵교에서 아적 안 왔다."

“누나는유?”

“걔두 아직인디!”

“네, 그럼 지 갈게유! 안녕히 기세유!”

고개를 돌려 나오려 하는데 큰엄마가 껌 한 통을 집어 주며 말했다.

“콩아, 이거 껌인디 씹으면서 자즌거 잘 운전혀서 가라이!”

그 당시에 어쩌다 껌이 한쪽 생기면 하루 종일 씹었다. 잘 때는 입에서 꺼내 손이 닿는 머리맡 위 벽면에 붙여 놓고, 자고 일어나면 그놈을 벽에서 떼어내 바로 씹곤 했다. 껌을 씹다가 아침밥을 먹을 땐 상 위에 잠깐 올려놓았고, 밥 먹고 학교에 갈 땐 다시 그놈을 씹으며 갔다. 매번 그러다 보면 씹던 껌의 양은 조금씩 줄어들었고 나중엔 나도 모르게 목으로 넘어가서 없어졌다. 씹다가 지루해져서 일부러 땅에 뱉어 버린 적은 없다. 그런 귀한 껌을 큰엄마는 한 개도 아닌 한 통이나 주었다.

“큰엄니, 감사혀유. 지 갈게유!”

나는 조심스럽게 껌을 뜯어 한 개를 꺼내 입에 넣었다. 설탕의 단맛이 입 안에 가득 찼다. 형이 없다는 소리에 조금 전까지 우울했던 기분이 금방 행복해졌다. ‘요놈 중 한 개만 동생 주고 나머진 두었다가 혼자 두고두고 먹어야지’ 하면서 바지 깊숙이 넣어두고 빠지지 않게 잘 넣었나 다시 한 번 더 확인했다.

자전거 사이에 오른발을 집어넣고 왔던 길을 돌아 다시 집으로 간다. 탱자나무 울타리가 보이면 집에 다 온 거다. 빗줄기는 약해졌고 벌써 몇몇 굴뚝에서는 밥 짓는 연기가 올라오고 있다. 도착한 집은 아무런 인기척이 없다. 내가 던져 놓은 책보도 그 자리에 그대로 있다. 아버지는 아직도 잠을 자고 있다. 아무도 없다. 나는 아버지의 자전거가 처음에 있던 모습을 최대한 기억해 내며 똑같은 위치를 찾아 아카시아 나무 옆에 세워 놓는다.

툇마루에 앉아 언덕길 아래를 보다가 주머니 깊숙이 넣어 둔 껌이 생각났다. 마치 언 땅에 유리구슬이 튕겨 올라오듯 나는 벌떡 일어나 껌을 넣어 둔 주머니 속으로 손을 집어넣었다. 손가락 사이에 딱딱한 껌이 잡히는 것이 아니라 기분 나쁜 찐득한 감촉이 전해져 왔다. 한 개만 먹고 주머니에 넣어 두었던 나머지 껌은 비에 젖어 종이와 뒤섞여 형태를 알아볼 수 없게 처참히 뭉개져 있었다. 못 먹게 된 껌처럼 내 마음도 그렇게 뭉개졌다. 손 안에 종이와 같이 녹아 있는 껌 한 통을 한동안 멍하니 바라보았다.

안개는 뭐가 좋은지 초가지붕 위를 춤을 추면서 산으로 올라간다. 내리던 비는 서서히 그쳐 가고 있지만 나는 여전히 툇마루에 앉아

동네 집들 굴뚝에서 몽글몽글 올라가는 연기를 이 집 저 집 번갈아
가며 보고 있다.

　연기 속에서 밥 냄새가 난다.

전기구이 통닭 한 마리

　겨울이 다가올 때 버스에 앉는 자리는 운전석 건너 오른편이 좋다. 요즘 버스는 모두 냉난방 시설이 되어 있어 여름엔 에어컨이 시원하게 해 주고, 겨울엔 히터가 실내를 따뜻하게 해 주지만 내가 국민학교 다닐 때 탔던 버스는 그렇지 않았다.

　에어컨이 없는 버스는 여름엔 창문을 열고 운행했다. 버스가 달리면 바깥의 더운 바람은 물론 주변의 다른 차가 내뿜는 매연과 먼지가 모두 안으로 들어왔다. 아저씨들 대부분이 버스 안에서 담배를 피웠는데 누군가 한 사람이 피우면 갑자기 차 안에는 담배 피우는 사람이 더 많아졌다. 버스 안 담배연기는 차창 밖으로 빨려나갔고 거의 다 피우고 남은 꽁초는 흡연자의 시름을 물고 버스 창밖으로 버려진다. 겨울에는 추위 때문에 버스는 창문을 모두 닫고 움직였다. 간혹 버스에서 이상한 냄새가 나서 바닥을 내려다보면 누군가가 쏟아낸 구토의 흔적을 발견할 수 있었다. 그것에 아저씨들의 담배 냄새까지 뒤섞인 그 묘한 냄새를 나는 아직도 기억한다.

버스 운전석 오른쪽에 있는 쇠로 만든 커다란 직사각형 통 주변엔 한 사람만 앉을 수 있는 의자가 나란히 있었다. 버스에 타면 난 늘 그쪽을 제일 먼저 보았다. 그 자리 바로 왼쪽에 있는 양철통 밑에는 버스 엔진이 들어 있었다. 가열된 엔진에서 올라오는 열로 인해 그 자리는 버스 안에서 제일 따뜻한 곳이었다. 그곳에서 몇 자리 뒤에 버스 문이 있었다. 지금은 버스 문이 앞뒤로 두 개이지만 그 당시에는 문이 하나밖에 없었다. 문 난간에는 빵떡모자를 쓴 여차장이 버스 요금을 넣는 돈 가방을 옆으로 메고 서 있었다. 당시엔 버스 차장 대부분이 껌을 씹었다. 입으로 따아닥 따아닥 일정한 소리를 내며 씹는 것이 신기했다.

정거장에 버스가 서고 문이 열리면 여차장은 반사적으로 뛰어내렸다. 손님이 타면 버스 옆을 손바닥으로 두세 번 꽝꽝 치면서 "오라이!"를 외쳤고, 용수철처럼 다시 버스에 튀어 오르는 동시에 버스는 출발했다.

석공 일을 하는 아버지는 몇 명의 일꾼을 데리고 집을 짓는 공사 현장에서 집 벽이나 바닥에 돌을 붙여주는 일을 했다. 아버지와 같이 일하는 사람들은 아버지를 '오야지'라고 불렀다. 아버지가 어쩌다 술을 안 마시고 일찍 집에 올 때면 한 손엔 시멘트 종이 같은 것으로 돌돌 만 뭉치가 담긴 봉투가 손에 들려져 있다. 그런 날은 저녁을 먹고 나면 영락없이 일꾼들이 집으로 몰려왔다.

"꽁아, 오늘 저녁에 일꾼들 심 해주어야 되니께 조금 있다 내가 부르면 공책 허고 연필 챙겨서 일루 와라이!"

공사 대금을 받는 날이면 아버지는 같이 일한 사람들에게 심(계산)을 해주었다. 일하면서 가불로 가져간 것, 밥값 등을 뺀 나머지를 계산해서 일당을 나누어 주는 것이다. 본인 이름 정도만 겨우 쓰는 아버지는 계산을 못 했다. 그러다 보니 일꾼들에게 돈을 줄 때는 꼭 나를 불렀다. 나는 그땐 아주 긴장을 한다. 일단 그들이 갖고 있는 치부책(조그만한 장부)을 몇 번이고 보면서 이미 가져간 돈의 합계를 내고, 아버지가 주기로 한 총액에서 가불해 간 총액을 뺀 금액을 계산한 후 아버지에게 얼마를 주면 된다고 말한다. 그러면 아버지는 내가 말한 돈이 맞는지 받아갈 사람에게 확인해 보라고 한 후, 그 사람이 맞다고 하면 갖고 온 봉투를 꺼내 그 사람에게 계산된 돈을 준다. 아버지가 돌 일만 할 때는 금방 끝났던 일이 집 장사를 시작하면서 심해 줘야 될 사람도 많아졌고, 그전에 비해 큰 금액이 내 앞에서 왔다 갔다 했다.

어느 날 아버지는 나에게 주산을 배우라고 했다. 아버지 명령이 떨어진 그날 이후, 나는 학교 수업이 끝나면 바로 집에 가방을 두고 곧바로 주산 주머니를 챙겨 면목동에 있는 주산학원으로 가야만 했다. 내가 탄 버스는 능동삼거리에서 출발해서 중곡극장을 지나 한참을 간 후 면목국민학교 앞에 멈췄고, 다시는 안 보겠다는 듯 매정하게 떠났다. 면목국민학교 앞 육교를 건너면 내가 다니고 있는 주산학원이 있었다.

"팔전에 더하기! 이전이여, 삼전이여, 칠전에 구전이면!"

"이십칠전에 빼기! 오전이여, 칠전에, 구전이면!

오른손 엄지와 새끼손가락 사이에 연필을 끼고 새끼손가락과 약지손가락으로 연필을 잡았다. 선생님이 부르는 숫자를 엄지와 검지, 중지 세 개의 손가락만으로 주판알을 움직여 뺄셈과 덧셈을 한다.

학원이 끝나 집으로 가는 버스를 기다리다가 정거장 앞에 있는 전기 통닭구이 가게에 자연히 눈길이 가게 되었다. 문 왼쪽엔 사람들이 볼 수 있게끔 앞이 유리로 되어 있는 커다란 사각형 박스가 있다.

그 안에는 열과 빛을 내고 있는 전선줄이 위 아래로 여러 줄 있다. 쇠꼬치에 꿰어져 있는 닭들이 전기 열선 위에서 일정한 속도로 빙빙 돌고 있고, 그 밑에는 돌고 있는 닭들에게서 흘러나온 기름이 노랗게 고여 있다. 간간이 바람을 타고 건너와 내 콧속에 머문 전기구이 통닭 냄새는 내가 지금까지 맡아온 어느 음식보다도 더 맛있는 냄새다. 이 냄새를 맡기 전까지는 몇 년 전 시골 큰집의 장손인 큰형님이 장가갈 때 집안에 친 천막 아래서 아주머니들이 부치던 부침개 냄새가 내겐 제일 맛있는 냄새였다. 그런데 지금 저기 저 돌돌 돌아가며 구워지고 있는 노랗게 잘 익은 통닭에서 풍겨 나오는 맛있는 냄새는 시골의 부침개 냄새와는 비교할 수 없는 맛있는 냄새를 풍기고 있다. 버스를 기다리던 나는 통닭 가게 문을 열고 물었다.

"저기, 저 전기구이 통닭 한 마리 얼마여요?"

주인은 먼지 들어오니까 빨리 문 닫으라고하며 툭 던지듯이 통닭 값을 알려주었다. 나는 집으로 돌아오는 버스 안에서 주산학원에서 배운 암산으로 손가락을 돌려가면서 대충 계산해 보았다.

'학원에 갈 때는 버스를 타고 가고, 집에 올 때는 걸어서 온다면 며칠을 걸어 다녀야 살 수 있을까?'

그때 냈던 버스비가 대략 10원으로 기억된다. 그때 계산으로 한 달 반 정도를 걸어서 집에 오면 최고로 맛있는 냄새가 나는 전기구이 통닭을 살 수 있겠다는 생각이 들었다.

그 다음 날부터는 학원이 끝난 후 집으로 타고 갈 버스를 기다리지 않았다. 버스를 타고 올 때는 몰랐는데 걸어가는 길은 멀었다. 걸어가는 내 옆을 지나가는 차들은 인정사정없이 빠르게 다녔고 먼지도 많았다. 어느 땐 집에 가면 내가 먹을 밥까지 동생들이 이미 다 먹고 놀고 있었다.

엄마는 거의 매일 집 짓는 현장에서 공사 마무리를 하고 늦게 왔다. 주산학원에서 집까지 걸어 다니면서 나는 씻는 둥 마는 둥하고 숙제를 하다가 엄마가 집에 오는 것도 못 보고 그냥 자는 날이 많아졌다. 학원이 끝나고 비가 많이 오는 날은 버스를 탔고, 웬만하게 오면 그냥 걸어서 집으로 왔다. 그래서 그런 건지 나는 지금도 가끔은 비 맞고 걷는 것을 좋아한다. 아침에 학교 갈 때 엄마가 주산학원에 오고 갈 버스 차비를 준다. 엄마가 매일 준 버스 차비는 집에 올 때 걸어온 날 수만큼 그렇게 나만 아는 곳에 쌓여 갔다.

처음엔 걸어오는 길이 멀고 힘들었는데 점점 적응이 되었다. 무엇보다도 내가 모은 돈이 많아질수록 집으로 오는 내 발걸음은 가벼워졌다. 날짜가 제법 지났는지 집으로 오는 길이 점점 서늘해져 저녁이면 좀 으슬으슬해지는 느낌이 들 그 즈음에 지금까지 모은 차비가 그동안 냄새만 맡아왔던 전기구이 통닭 한 마리를 살 수 있을 정도가 되었다.

모아놓은 종이돈과 동전을 바지주머니에 넣었더니 기분 좋게 묵직하다. 엄마는 닭을 좋아한다. 가끔 엄마가 시장에서 기름에 튀긴 닭을 사오면 동생들과 맛있게 먹곤 했다. 엄마는 우리가 먹다 버린 닭 뼈를 마치 닭이 옷을 벗고 목욕한 것같이 말끔하게 빨아먹었다. 우리는 그렇게 닭을 좋아했지만 전기구이 통닭을 먹어 본 적은 없다.

걸어오는 길에 닭이 식으면 맛이 없을 거라는 생각이 들었다. 이미 돈을 모아 사고자 했던 통닭을 샀으니 걸어가지 말고 버스를 타고 빨리 가기로 작심했다. 학원 수업이 그렇게 길게 느껴 본 적이 없었다.

지금까지 먹어 보지 못한 전기구이 통닭 한 마리가 지금 내 손에 있다. 잠시 후면 동생들과 나, 그리고 엄마는 이놈을 맛있게 먹을 것이다. 내 앞에는 "니 덕에 이렇게 맛있는 전기구이 통닭 첨 먹는다" 하며 맛있게 먹는 엄마의 환한 웃음이 그려진다. 운 좋게 버스 엔진통 옆 따뜻한 자리에 앉았다. 통닭이 덜 식을 것 같아 좋다. 그래도 혹시나 식을까봐 냄새나는 뜨거운 놈을 품속에 넣고 집으로 왔다.

엄마가 좋아하는 모습이 자꾸만 떠올라 설레고 약간은 흥분된 마음으로 대문을 열었다. 대문을 열고 들어간 나는 그대로 주저앉고 말았다. 그때 내가 철 대문 옆으로 넘어지며 냈던 그 소리는 아직도 내 귓전을 맴돈다. 밥상은 문 앞에 던져져 있고 밥과 반찬, 그릇들은 계단에 널브러져 있었다. 아버지의 욕과 엄마의 울부짖는 소리가 동생들의 울음소리와 섞여 내 머리를 때렸다. 이런 일이 보통 3일에 최소 한 번씩은 있는 광경인데 그날의 기억은 잊혀지지가 않는다.

나는 조용히 문을 닫고 아직 식지 않은 전기구이 통닭을 안은 채 골목 입구에 있는 쌀과 연탄 파는 가게로 갔다. 두 사람의 싸움은 아버지가 술이 깨서 잠이 들어야 끝난다는 것을 나는 안다.

"아주머니, 이거 울 엄마 줄려고 사온 건데 오늘은 못 먹을 것 같구요, 내일 우리 엄마가 와서 달라고 하면 좀 주세요, 부탁합니다!"

다음날 아침 학교에 가기 전 엄마에게 말했다.

"어제 전기구이 통닭 사 왔는데 아버지랑 싸우는 통에 갖고 오지 못하고 저기 아래 쌀가게에 맡겨 놓았으니 이따 드세요!"

학교 수업이 끝나면 바로 주산학원으로 간다. 집에 들렀다 가기 싫어 아침에 나올 때 아예 학교 가방에 주판과 주산 책을 넣어왔다. 이제부터는 학원이 끝난 후 걸어올 이유가 없어져서 버스를 타고 편하게 집으로 왔는데도 걸어올 때보다 더 힘들고 기운이 없다.

집에 도착하니 엄마가 말한다.

"아이고 콩아, 니가 어제 쌀집에 맡긴 전기구이 통닭 진짜 맛있게
잘 먹었다."

"네에."

나는 듣는 둥 마는 둥 방으로 들어갔다.

어머니는 지금 내 자식들에게 "니 아버지가 국민핵교 대닐 때 주
산학원을 댕겼는디, 버스 타고 댕기라고 준 채비 애껴서 할머니 먹
으라고 전기구이 통닭을 사 와서 진짜 맛있게 먹었지. 니 아버지가
그런 효자였다!"라고 말한다. 하도 반복해서 내가 들은 것만 해도 최
소 수십 번이다. 아이들은 이제 모두 성장해서 각자 가정을 가진 성
인이 되었다. 할머니의 이런 말을 어렸을 때부터 들어서 질린 아이
들은 내가 놀릴 목적으로 '전기구이 통닭'이라는 말을 꺼내려고 하
면 이제 지겨우니 그만하라고 손사래를 친다.

어머니가 내 자식들에게 그런 말을 할 때마다 나는 어머니에게 매
번 바로 되묻고 싶은 말이 있다. 하지만 지금까지 입 밖으로 내지 못
했다. 앞으로도 말하지 않을 것이지만 글로나마 여기에다 어머니에
게 말하고 싶다.

'나도 통닭 좋아하는 거 엄마도 알잖아! 나도 그거 굉장히 먹고 싶었거든. 주산학원 갔다가 집에 왔을 때 난 엄마가 "니 먹으라고 좀 냉겨 놓았다"라고 할 줄 알았어.'

빈 마당

　이른 아침부터 동네가 분주하다. 평소보다 이른 아침에 잠을 깬다. 부엌에서 달그락거리는 그릇 부딪히는 소리와 평소에는 나지 않던 맛있는 냄새가 나를 깨운다. 어제는 아버지도 술을 안 먹고 일찍 왔다. 얼마 전부터 아침에 세수를 하려고 마당으로 나와 대야에 물을 받고 있으면 불어오는 바람이 조금 차갑게 느껴진다. 저 멀리 언덕 아래 학교 마당에는 만국기가 줄지어 펄럭이고 있다. 그것은 어제 학교 소사 아저씨가 달아 놓은 것이다. 오늘은 학교 갈 때 책보를 메고 가지 않아도 되는 날이다. 밥숟가락을 내려놓자마자 고무신을 신는 둥 마는 둥하고 깜보 친구네로 달려간다.

　"핵교 가자!"

"그려, 잠깐만 잉!"

항상 콧물을 훌쩍거리는 친구의 팔소매는 볼 때마다 반질반질하다. 코에서 콧물이 낙숫물처럼 떨어질 만하면 다시 코로 힘차게 들이마신 다음 팔소매로 코밑을 훔치기를 반복하기 때문이다. 친구는 입에 남아 있는 밥을 씹으며 고무신을 신고 있다. 콧물이 고무신으로 떨어질 것 같다고 생각하는 순간 친구는 콧물을 다시 자기 코에 집어넣고 여느 때처럼 팔소매로 코밑을 훔친 후 내가 서 있는 곳으로 온다. 우린 같이 학교로 간다. 학교 가는 길이 즐겁다. 봄 소풍을 갈 때보다 더 좋다. 봄 소풍을 가는 곳은 무창포 해수욕장이다. 대략 십 리를 걸어가서 도착하면 싸 온 도시락을 까먹고 조금 있다가 온 길을 다시 걸어와서는 그냥 집으로 돌아간다. 소풍날은 엄마가 특별히 사준 사이다와 큰맘 먹고 삶아 준 계란을 먹을 수 있어서 좋지만 그래도 가을운동회가 열리는 오늘이 훨씬 더 좋다.

월요일 조회 때마다 교장 선생님이 엄숙하게 훈화하는 시멘트 단상을 중심으로 왼쪽과 오른쪽에는 우리 집 초가지붕보다 더 커다란 흰 천막이 작대기들을 기둥 삼아 양쪽에 쳐져 있다. 한쪽 천막 안에는 교장 선생님과 면장 아저씨, 아버지 심부름으로 막걸리를 받으러 갔던 양조장 아저씨, 그리고 동네 집 중에 제일 큰 집을 갖고 있는 방앗간 아저씨도 있고, 읍내 장터 소방서에서 보았던 소방관 아저씨도 있다. 나와 내 친구는 방앗간 아저씨와 양조장 아저씨가 높은 사람들만 앉아 있는 저 천막 안의 좋은 의자에 왜 폼 잡고 앉아 있는지 안다. 교장 선생님과 제일 가까이 앉아 있는 사람은 면장 아저씨다.

면장 아저씨의 아들은 나와 같은 반이다. 나와 내 친구가 보기에 담임 선생님은 그 친구에게만 특별하게 대했다. 학교가 파하면 우린 남아서 교실을 청소했다. 운동장에 이것저것 지저분한 것을 모두 주워 학교 마당 제일 구석에 있는 소각장으로 가져가 불에 태우는 것으로 청소는 끝난다. 청소가 끝날 무렵이 되면 반장이 선생님을 모셔와 청소 검사를 받는다. 담임 선생님이 와서 보고 "이제 됐으니 집에 가라"고 하면 그제서야 우린 각자 집으로 간다. 분명 그 애가 청소당번임에도 가끔 청소할 때 보이지 않을 때가 있다. 그래도 선생님은 다음날 그 애에게 뭐라 하지 않았다. 우리 반에서 두세 명만 가죽가방을 메고 다녔는데 그 애가 그 중 한 명이다. 그 가방은 가방 덮개가 있었는데 덮개도 가죽으로 되어 있는 네모난 책가방이었다. 고무신 대신에 운동화를 신고 다녔고, 쉬는 시간에 다들 운동장으로 나가 같이 놀았는데 그 애는 자기 운동화가 더러워진다며 나가지도 않았다. 그 애 물건 중 내가 제일 부러운 것은 가방도 운동화도 아닌

양철로 만든 필통 속에 들어 있는 지우개였다. 필통에는 언제나 여러 자루의 긴 연필과 지우개가 나란히 보였다. 나는 잘못 쓴 글씨를 깨끗이 지워주는 고무 지우개를 제일 갖고 싶었다.

교장 선생님이 먼저 훈시를 하고 이어서 흰 천막 안에 있는 사람들이 돌아가면서 연설을 한다. 우리 모두는 빨리 끝나기만을 기다리며 장난을 하는 것으로 지루한 시간을 참는다. 학교 지붕에 스피커가 매달려 있다. 지루했던 연설이 모두 끝나고 드디어 스피커에서 나오는 음악에 맞춰 단상 높은 곳에 있는 선생님을 따라 우린 모두 체조를 한다.

운동회는 달리기로 시작한다. 달리기 출발 신호를 알려주는 화약총 소리는 지금 생각해도 정말 컸다. 총소리가 난 후 화약총에서는 연기도 많이 났다. 언제 왔는지 엄마와 동생들이 철봉대 근처에서 응원을 하고 있다. 그 근처에는 깜보 친구의 엄마와 동생들도 있고 그냥 놀러온 낯익은 동네 아주머니들도 여럿 보인다. 달리기 성적에 따라 공책이나 연필, 지우개를 상으로 받는다. 각자가 달리기 상으로 받은 선물을 들고 개선장군처럼 엄마와 동생들이 모여 있는 곳으로 가서 점심을 먹는다. 엄마가 싸온 음식을 펼쳐놓고 숟가락을 들고 반찬을 본다. 이런 반찬은 일 년에 한 번 먹어볼까 말까 할 정도다. 무엇을 먼저 먹을지 몰라 한참을 두리번거린 후 게걸스럽게 먹기 시작한다. 점심 후에는 흰 모자를 쓴 쪽은 백군, 파란 모자를 쓴 쪽은 청군으로 나누어 박 터뜨리기, 줄다리기 등을 한다. 운동회가 거의 끝날 즈음이면 동네 아저씨들이 언제 왔는지 운동장에 가득하다. 양조장 아저씨가 협찬한 막걸리와 방앗간 아저씨가 협찬한 떡과 안주에 이미 얼큰하게 취해 있고, 우리들의 가을운동회는 점점 동네 잔치로 변해 간다.

　나와 우리 반 애들 모두가 학교 운동장을 청소하고 있다. 터뜨린 박에서 나온 종이조각들이 엄청나다. 깔고 앉아 있다 버리고 간 종이, 과자봉투 등을 모두 주워서 소각장으로 가져가 불에 태운다. 얼른 집에 가서 오늘 상으로 받은 지우개, 연필, 공책을 만져보고 싶다. 지금 쓰는 연필은 몽당연필이 된 지 한참이다. 오늘 받은 새 연필을 깎아서 바로 쓰고 싶지만 참아야 한다. 엄마는 분명 그건 내년에 새 학년이 되면 쓰라고 할 것이다. 공책과 연필은 만져만 보고 지우개로 살짝 몇 글자만 지워 볼 작정이다.

　이제 모아 놓은 쓰레기만 태우면 집으로 갈 수 있다. 아까부터 면장 아들 녀석이 불에서 멀찍이 떨어져 있는 것을 보니 점점 얄미워진다. 자기 삼촌이 서울에서 사온 옷이라 엄마가 불 가까이에 가지

말라 했다며 얼씬도 안 하고 있다. 평상시에도 청소당번일 때 청소하는 척하다가 슬그머니 그냥 가곤 하던 애다.

"야, 너두 좀 혀라!"

"니가 뭔디 나보고 혀라 마라 혀!"

"이 새끼가!"

나도 모르게 그동안 참아왔던 화가 폭발했다. 쓰레기를 빨리 태우기 위해 헤집던 나무 작대기로 그 애가 입고 있는 나이롱 옷을 찔러 버렸다. 빤질빤질하던 나이롱 잠바는 바로 쪼그라들었고 그 애는 큰 소리로 울면서 어디론가 달려갔다.

저녁을 먹는데 그 애는 엄마를 데리고 우리 집으로 찾아왔다. 밖에서 한참을 있다가 들어온 엄마는 장롱에서 돈을 꺼내 아주머니에게 주었다.

"이누무시키, 너 그게 얼마짜리 옷인지나 알어 싯캬! 내가 니 땜에 못 산다, 못 살어!"

나는 저녁밥을 먹다가 엄마에게 엄청나게 얻어맞았다. 그날처럼 엄마에게 많이 맞은 기억은 없다. 툇마루 끝에까지 따라오면서 때리던 엄마는 내가 신발을 신고 도망을 가서야 멈추었다.

나는 어느새 학교 마당에 들어와 있다. 오늘 낮까지만 해도 학교 마당은 온 동네 사람이 모인 것 같이 꽉 차 있었다. 학교 지붕에 매달려 있는 스피커에서는 신나는 음악이 흘러나오고, 친구들과 선생님들 목소리가 뒤섞여 동네를 흔들었다. 지금은 아무도 없고 빈 마당에 나만 있다. 엄마를 피해 학교 마당으로 도망온 지 얼마나 되었는지 알 수 없다. 낮에는 들리지 않던 많은 소리가 들린다. 그 중에서 학교 앞 개울에서 흘러가는 물소리가 제일 크게 들린다. 여기저기서 벌레 소리가 들린다. 자전거가 지나가고 있다. 전조등의 희미한 불빛으로 자전거가 지나가고 있음을 알 수 있다. 달도 숨이 찬 듯 구름 사이로 쉬러 들어간다. 찬바람이 옷깃 사이로 스며든다. 뜬금없이 아까 저녁때 먹다 만 밥이 생각난다. 누군가 나를 데리러 와 주었으면 좋겠다.

나에게 빈 마당은 배고픔이다.

댓돌

　댓돌 위의 흰 고무신 두 켤레가 눈에 들어온다. 가지런히 놓여 있는 두 켤레의 신발을 보니 안정감이 느껴지고 곧 마음이 편안해진다. 나중에 올라간 사람이 앞사람의 신발과 본인의 신발을 정리해 놓은 듯하다. 보이는 댓돌의 다른 한쪽은 비어 있다. 누군가가 신발을 벗어놓고 방에 들어올 수 있게 공간을 내어 주고 있다. 다음 사람을 생각해서 공간을 만들어 놓고 방으로 들어간 것으로 보인다. 놓인 신발만 보아도 방에 있는 두 사람의 관계는 좋은 사이일 것 같다.

　집을 나가 일상을 보낸 후 돌아오면 신발을 벗고 집 안으로 들어간다. 하루 일상의 마무리가 편안했는지, 누군가로 인해 피곤한 하루였는지 그래서 아직도 마음이 불편한지는 신발을 벗을 때 발에서 전해 오는 느낌으로 안다. 나를 반겨주는 사람이 있어 따뜻한 온기를 느낄 때와 인기척이 없어 차가운 공기만 맴도는 휑한 현관을 들어설 때, 발에서 떨어지는 신발의 느낌이 다르다.

어릴 적에 살던 시골의 초가집에도 댓돌이 있었다. 내가 기억하는 댓돌 위 신발의 모습은 가지런하지 않았다. 학교를 마치고 언덕을 올라 집에 들어서기 전에 싸리나무로 만든 울타리를 먼저 마주한다. 울타리 너머로 마당이 보이고, 엉덩이를 걸치면 꽉 차는 툇마루 앞에 조그마한 댓돌이 보인다. 신발 한짝은 툇마루 밑에 들어가 있고, 나머지 한짝은 마당에서 뒹굴고 있다. 집에 들어가려다 머뭇거리는 내 모습이 보이고, 곧 발걸음 방향을 오른쪽으로 돌려 골목길을 따라 내려가는 내 등이 보인다. 그 방향은 지금도 고향에서 돌 공장을 하고 있는 깜보 친구네 집으로 가는 길이다.

해가 지고 있다. 나는 툇마루에 걸터앉아 댓돌 위에 발을 올려놓고 언덕 내리막길을 바라보고 있다. 언덕 중간쯤에 있는 동네 공동 우물터에서는 물 긷는 아주머니들의 수다 소리가 요란하고 벌써 몇몇 초가집 굴뚝에서는 저녁밥 짓는 연기가 몽글몽글 올라오고 있다. 벌써 며칠째 나는 툇마루에서 외할아버지를 기다리는 중이다. 엄마는 나에게 할아버지가 대천으로 일하러 가셔서 금방 안 오신다고 말했다. '오늘쯤이면 오실 거야' 하면서 기다린 것이 벌써 여러 날이다. 댓돌 위에 발을 올려놓고 있으면 참 편하다.

저녁 무렵 아버지와 싸운 엄마가 집을 나갔는데 이미 깜깜한 밤이 되었는데도 돌아오지 않고 있다. 내 옆에는 바로 아래 여동생이 같이 나란히 앉아 있다. 한밤중이어서 그런지 주변 집들의 불은 꺼져 있다. 어렸을 적 내 고향은 전기가 들어오지 않았기에 대부분의 집들이 기름으로 불을 켜는 등잔으로 생활했다. 저녁을 먹으면 기름값을 아껴야 했기에 거의 모든 집들이 켜놓았던 등잔불을 끄고 일찍 잠을 잤다. 동생과 나는 칠흑 같은 어둠 속에서 엄마가 나타나기만을 기다리고 있다.

집으로 올라오는 언덕 옆 개천에서는 온갖 잡벌레들이 서로 경쟁하듯 울음소리를 토해내고 있다. 아무 소리 없이 어둠 속을 쳐다본 지도 한참이 지났다. 찬바람이 언덕을 올라와 싸리나무 울타리를 넘어 불어오자 갑자기 무서움이 밀려왔다. 동생이 있어서 참아왔던 눈물이 나도 모르게 주르르 흘러내렸다.

"엄마! 언제 와?"

어딘가에 있을 엄마가 들을 수 있도록 댓돌에 올린 발에 힘을 주며 큰소리로 불렀다. 어느새 옆에 있던 동생도 나를 따라 소리치고 있다. 어머니는 지금도 그날을 기억하고 있다.

"그때 니가 안 불렀으면 나는 이 자리에 없었을 꺼여. 내가 참고 살아온 것은 다 니들 때문여!"

내 고향은 여름엔 비가 많이 오고 겨울엔 눈이 많이 온다. 아버지의 생일은 겨울이다. 서울과 달리 시골에서는 집안 남자 어른의 생일이 되면 아침 먹기 전에 일일이 이웃집을 찾아가 문을 두드리면서 말한다. "오늘 울 아부지 생신여유. 엄니가 아침 드시러 오시래유!" 하면서 초대를 하는 것이 일종의 동네 관습이었다.

어제 저녁 무렵부터 내리기 시작한 눈은 온 동네를 흰 천막으로 덮어 버렸다. 집 앞 개천도 눈에 덮여 개천이 어디에 있는지 분간이 안 되고 골목 밑 학교 울타리만이 경계를 알려 주고 있다. 언덕길을 내려가면서 엄마가 알리라는 집마다 들러 아침식사를 드시러 오라는 말을 전한다. 학교 옆에는 개울물이 흐르고 있고 엄마는 거기서 늘 빨래를 한다. 거기서 조금 떨어진 곳에 또 한 분의 큰엄마가 살고 있다. 그곳이 엄마가 알리라는 맨 마지막 집이다.

집까지 되돌아가야 하는 길이 멀어졌다. 눈 속을 돌아다니다 보니 입고 있던 옷은 모두 젖었고 발은 얼어서 딱딱하다. 배는 고프고 몸은 얼어 춥고 정신은 몽롱하다. 갔던 길을 그대로 돌아 집으로 올라간다. 댓돌 위에는 신발이 가득하고 주변도 각양각색의 신발로 가득하다. 우리 집 댓돌 위에 그리고 그 주변에 이렇게 신발이 많은 날은 아주 드물다. 방안은 사람들로 꽉 차 있고, 부엌은 동네 아주머니들 수다로 시끄럽다.

　나는 방과 부엌 중 어디로 들어가면 아침밥을 먹을 수 있을까 망설이며 댓돌 앞에 서 있다.

집으로 가는 길

시영 엄마

시영 엄마는 수양 어머니의 충청도 사투리다. 내 고향에서는 시영 엄마를 줄여서 '셩엄마'라 호칭한다. 나의 셩엄마는 우리 동네 무당이다. 쩌렁 떵, 철꺼덩, 철꺼덩, 처렁 떵! 큰 칼 여러 개가 서로 부딪히며 내 앞과 뒤를 왔다 갔다 하면서 쇳소리를 낸다. 박 속에 들어 있는 된장국을 빗자루 같은 것으로 묻힌 후 내 몸에 흩뿌린다. 북과 징의 장단에 맞춰 내 주위를 빙글빙글 돌면서 알아들을 수 없는 말을 외치고 춤을 춘다. 셩엄마의 외침이 커질수록 북소리, 징소리도 커져 간다. 그에 맞춰 옆에 있는 엄마의 손바닥 비비는 속도와 앞의 빨갛고 노란색으로 칠해진 이상한 사람 형상을 한 동상에게 절하는 속도도 빨라진다.

무슨 이유로 셩엄마는 나에게 굿을 했는지 뚜렷한 기억은 없다. 몇 살 때의 기억인지도 모른다. 하지만 무당인 셩엄마의 손놀림과 몸짓, 거기에 따라 서로가 부딪히면서 내는 정신없는 쇠붙이 소리, 북과 징소리, 맺힌 한을 뺏어내듯 된장국을 내 몸 곳곳에 뿌리며 큰 소리로 웅얼거렸던 셩엄마의 음성은 진동으로 남아 있다.

도시와 달리 구경거리가 드물었던 시골에서의 굿판은 동네 아이들에게는 보기 드문 재미있는 구경거리다. 우리 동네에 아픈 사람이 생기거나 새로운 돌 공장이 생길 때, 사람이 죽었을 때도 셩엄마는 그곳에 가서 굿을 했다. 굿을 하는 날이면 그 집은 물론 동네가 잔치 분위기로 변한다. 특히 동네 부잣집 중 하나가 새로 돌 공장을 개업하면서 재수 있으라고 하는 굿판은 그야말로 흔치 않은 동네잔치가 되어 버린다.

큰 천막을 치고 여기저기서 가마솥 뚜껑을 뒤집어 갖가지 전과 두부를 부치고 있다. 한쪽 구석에서는 커다란 양은솥 몇 개가 화덕에 걸려 있고, 천막 안은 몇 가지 종류의 국을 끓이는 솥에서 나오는 연기로 가득하다. 부잣집일수록 이런 날은 먹을 것을 만드는 동네 여인들이 많다. 그리고 일하는 여인들 옆에는 늘 아이들 한둘이 엄마 옆에 쭈그리고 앉아 있다. 아이들의 엄마는 맡은 일을 하면서 주인 눈치를 힐끗힐끗 보다가 살짝살짝 잽싸게 자기 아이들 입에 먹을 것을 구겨 넣어 준다. 그때마다 아이들은 제비 새끼처럼 입을 벌리고 엄마가 준 것을 받아먹는다. 그리곤 이내 엄마를 보며 행복한 표정으로 입을 오물거린다.

옆에 있는 자식에게 어느 정도 먹이고 나면 엄마들은 집에 있는 다른 식구들 생각을 한다. 시멘트 봉지 같은 것에 전과 고기를 눈치 빠르게 싸서 아이에게 준 후 얼른 집으로 가라고 눈짓을 보낸다. 아이는 엄마의 시선 명령이 떨어지자마자 종이말이를 들고서 뒤도 안 돌아보고 도망치듯 집 쪽으로 뛰어간다. 공책과 연필이 걸린 가을운동회의 달리기 시합 때보다 더 빠르다. 아이들을 보낸 후에야 아주머니들은 수다를 떨며 주인 눈치를 보다가 자기 입으로도 양껏 음식을 가져가 배를 채운다.

재수 굿을 하는 주인은 이날만큼은 먹는 것에 대해서 누구에게든 잔소리하지 않는다. 먹을 것 갖고 잔소리를 하면 복이 달아나고 재수가 붙지 않는다는 것을 알고 있다. 동네 아주머니들도 재수 굿의 불문율을 이미 알고 있기에 어느 정도는 마음 놓고 아이들을 먹이고, 본인도 배불리 먹고 또 집으로도 눈치껏 음식을 보내는 것이다. 이날만큼은 주인도 자기 집에서 허드렛일을 봐 주는 아주머니들에게 후한 인심을 쓰는 것이 본인이 부자임을 과시하는 것이다. 이날은 복을 불러오는 날이기에 주인은 아예 없어질 음식량을 감안해서 음식 재료를 넉넉히 마련한다.

굿 차림 음식이 마무리되면 준비된 커다란 단상에 음식이 올라가기 시작한다. 주변은 누가 시키지도 않았는데 엄숙한 분위기로 변한다. 잠시 후 셩엄마는 마당 한가운데 차려진 커다란 음식상 앞에 모든 사람들의 시선을 끌며 등장한다. 이후 그곳에 있던 사람들은 셩엄마의 관중이 되고 그녀는 무대의 주인공이 된다.

샤먼은 땅 위의 인간과 하늘의 영혼을 연결해 주는 역할, 즉 신의 세계와 인간을 영혼으로 연결해 주는 존재라고 하지만 나에게는 아무런 의미가 없다. 하지만 지금 내 안에 잠재하고 있는 상상계 한 부분에는 어릴 적 내가 본 셩엄마의 굿 광경과 그 자리에서 들었던 다양한 소리가 차지하고 있는 것에 대해서는 부정하지 않는다.

아내와 함께 부탄을 여행하던 중에 가이드는 우리에게 형형색색의 원색 천과 매직펜을 주면서 소원을 쓰라고 했다. 노랗고, 파랗고, 빨간 천을 줄로 이은 마치 만국기 같은 천이었다. 우리 부부는 얼마 후에 결혼하는 딸아이의 행복한 삶을 소원하는 글과 회사의 안정적인 발전을 기원하는 문구를 천에 적었다. 우리의 소원을 쓴 천과 동행한 사람들이 각자 소원을 쓴 천은 하나의 줄에 연결되어 신성해 보이는 계곡과 계곡 사이에 걸쳐 길게 걸었다. 그런 다음에 이동하는 자동차 안에서 내 마음이 개운하고 상쾌해지는 느낌은 뭐라 설명할 수 있을까?

십 수 년 전 어머니로부터 부처님을 모시게 되었다는 전화 한 통을 받았다. 알려준 장소로 찾아와 보니 어머니 앞에는 어릴 적 셤엄마가 모셨던 이상한 할아버지 모형이 단상에 올려져 있었고, 좌우에는 쌀과 과일들 그리고 양쪽 촛대에는 초가 켜져 있었다. 어머니도 어릴 적 나의 셤엄마처럼 신내림을 받고 무당이 된 것이다.

"이곳에 너를 땅바닥에 내려놓지도 않고 항상 무릎 위에서 델고 노시고, 어쩌다가 운다고 니 궁뎅이라도 한번 때리면 화가 나셔서 밥도 안 드셨던 니 외할아버지가 계신다. 저기 쌀 위에 돈 만 원 올려놓고, 얼른 세 번 절 혀!"

나는 아무런 생각 없이 어머니가 하라는 대로 절을 했다. 내가 절을 하는 동안 어머니는 옆에서 기원을 했다.

"아이고, 아부지가 그렇게 이뻐하셨던 간중이가 왔어유! 동서남북 어디를 가도 아무 탈 없이 건강하게 해주시고, 하는 사업 잘되게 아부지 보살펴 주세유!"

이후에도 나는 이곳에 올 때마다 단상 앞에 향을 피우고 양쪽 끝에 있는 촛대의 초에 불을 붙인 다음 만 원짜리를 올려놓고 세 번씩 절을 했다. 그때마다 어머니는 내 옆에서 매번 똑같은 주문을 올렸다.

어머니가 신당을 모셨던 개인주택은 지어진 지 오래된 집이었다. 여름엔 선풍기로 견딜 만했지만 겨울엔 난방을 해도 추웠다. 밤새 수돗물을 졸졸 틀어놓지 않으면 다음날 아침에 오면 수도가 얼어 있을 정도였다. 그렇게 환경이 좋지 않은 집임에도 어머니는 이곳에 와 있으면 집에 있는 것보다 마음이 편하다고 했다. 어머니는 허리 시술을 한 번 했고, 시술로 회복되지 않아 수술을 두 번이나 더 했다. 수술 이후 건강과 체력에 한계를 느끼자 모셨던 신당을 정리했다.

생각해 보니 내가 엄마란 단어가 들어간 호칭으로 불렀던 두 명의 존재가 무당이었다. 언제부턴가 어머니는 차를 타고 가는 중에 강을 만나면 이동하는 차 안에서도 기도를 하고, 고향에 가면 바닷가로 가서 기도를 한다.

"엄씨 집안의 장손 임인생 엄기용이, 그저 동서남북 어디를 가더라도 무사 무탈하게 도와주시고, 재수있게 해 주시고, 그저 하는 사업 아무 일 없이 잘되게 해 주시고……."

방 안에 아무도 없었다

서천 비인에 있는 이모네 집에 간다는 말이 나오면 그날부터 내 마음은 하늘에 떠 있는 구름처럼 가벼워지고 기분은 불어오는 가을 바람처럼 상쾌해진다. 이모네 가서 형과 누나들이랑 놀 생각을 하면 발걸음에 흥이 나고 신이 난다. 동생들이 시끄럽게 울어대도, 엄마가 왜 내는지 모르는 신경질을 하루 종일 내도 좋다.

"이모가 니가 보고 싶은가 보더라. 버스 태워 줄 테니께 이모네 가서 놀다 3일째 되는 날 와라 잉! 버스 차장에게 너 내려주라고 얘기 힐 테니께, 차장이 내리라는 곳에 내리면 이모가 너 데리러 버스정거장에 마중 나와 있을껴. 알았지?"

기다리고 기다리던 날이 왔다. 엄마는 나를 버스에 태워 주며 차장에게 어디에 내려주라고 말한다. 이내 버스는 차장의 "오라잇!" 소리와 함께 출발했다. 내 인생에서 처음으로 혼자 가는 버스 여행은 그렇게 시작되었다. 동생들과 같이 버스를 타고 갈 때는 엄마가 준 짐을 들어야 했다. 작은 여동생은 엄마랑 좌석에 앉거나 좌석이 없을 때는 자리가 날 때까지 엄마 등에 업혀 갔다. 바로 아래 여동생을 챙기는 것은 완전히 내 몫이다. 여동생들은 잘 때를 제외하고는 얌전히 있지를 않았다. 좌석이 있어 엄마도 앉아 가면 그런 대로 편하다. 하지만 빈 좌석이 없어서 엄마가 서 있어야 될 경우엔 여동생을 안고 그 위에 짐도 얹어야 했기에 좌석이 생겨서 엄마가 앉기 전까지는 불편한 여행이 될 수밖에 없다.

그렇게 다니던 이모네 집을 챙겨야 할 동생도 없이, 무르팍을 아프게 하는 무거운 짐도 없이 나 혼자 편하게 가고 있다. 처음엔 편안함이 이상했지만 금방 적응되었다. 버스가 지나면서 보여 주는 창밖 풍경이 마치 처음 보는 것처럼 세세히 눈에 들어오기 시작한다. 버스는 작은 다리를 건너 큰 다리를 향해 가고 있고, 길가의 코스모스는 나를 향해 웃음 짓고 버스가 지나가면서 내는 바람에 맞추어 손을 흔들며 이모네 가서 잘 놀다 오라고 한다.

웅천역 사거리를 지나 담임 선생님 아버지의 한약방을 거쳐 자전거포와 방앗간을 지나간다. 장터가 함께 있는 역전은 사람들로 늘 분주하다. 낮술에 취해 휘청거리는 사람, 무슨 내용인지 들리지는 않지만 심각하게 얘기를 나누는 아주머니들, 엄마의 치맛자락을 잡고 주위를 뱅뱅 돌고 있는 아이, 가격 흥정을 하는지 서로가 얼굴을 쳐다보며 흥분해서 떠드는 사람들……. 내가 탄 버스는 이들 사이로 방해가 되지 않게 조심스럽게 다가가 신작로 한쪽 구석에 정차한다. 한 무리의 아주머니들이 올라타자 조용하던 버스는 이내 장터를 옮겨 놓은 듯 시끄럽다. 아주머니들의 수다에 질세라 아저씨들은 담배를 꺼내 피워댄다. 어느새 버스 안은 아저씨들이 뿜어내는 담배 연기와 아주머니들의 수다 소리로 가득 찬다.

　나는 무심히 창밖을 본다. 느티나무가 이어지는 신작로 길 옆으로 논이 보인다. 논 뒤에는 커다란 호수가 있다. 호수 옆에는 조그마한 집 한 채가 초가지붕을 뒤집어 쓴 채 덩그러니 힘겹게 서 있다. 그 초가집 아래에는 호수에서 지금 막 건져낸 듯 젖어 있는 조그마한 배가 자신의 어깨에 노를 얹고 지친 듯 옆으로 누워서 쉬고 있다. 해수욕 철이 지나 폐허로 변해 버린 해수욕장 입구에 버스가 정차한다. 아주머니들이 마치 제무시 트럭에 올려져 있던 돌을 돌 공장의 빈자리에 부리듯 저마다의 소리를 내며 모두 한꺼번에 쏟아져 내린다.

버스 안은 다시 조용해진다.

잠시 졸았던 모양이다. 버스 차창이 내 어깨를 심하게 흔들면서 내리라고 하는 소리가 들린다. 엄마가 이모에게 주라고 싸준 보따리가 무릎에 잘 있는지 본능적으로 확인한다. 잠시 후 약간은 낯익은 정거장에 버스가 정차했고, 정거장 앞에는 엄마가 말한 대로 이모가 기다리고 있다. 비인에서 방앗간을 하고 있는 이모네 집은 우리 집보다 훨씬 부자다.

저녁 때 내 앞에 있는 밥그릇 안의 밥을 보니 거의 흰 쌀밥이다. 보리쌀이 거의 대부분인 우리 집 밥은 누랬는데 이모네 밥은 보리가 별로 없어 하얗고 반질반질하면서 김이 모락모락 올라온다. 보리쌀이 많이 섞인 우리 집 밥은 입 속에 넣으면 한참 씹어야 넘어갔는데 이모네 쌀밥은 몇 번 씹지 않았는데도 목구멍으로 솔솔 잘 넘어간다. 이모네 집에 오면 내가 좋아하는 반찬이 있다. 그건 기름을 바른 후 소금을 뿌려서 불에 타지 않게 살짝 구운 김이다. 우리 집에서는 서울에 간 아버지가 집에 와야지만 맛볼 수 있는 고소한 김을 이모네 집에서는 매일 저녁마다 먹을 수 있다. 따끈따끈한 흰 쌀밥에 김을 올려 먹으면 짭짤한 소금 맛과 고소한 기름 맛이 어우러져 일품이다. 이모는 김이 담겨 있는 그릇이 비어 가는 걸 보고 웃으면서 말한다.

"콩아, 많이 먹어라."

이모는 김을 처음보다 더 많이 그릇에 올려놓아 준다. 나는 귀하고 맛있는 구운 김을 눈치 보지 않고 마음껏 먹는다.

낮에는 외사촌형과 논에 가서 우렁을 잡고 누나들이랑 개울에 가서 고동도 잡는다. 그러다 심심하면 이모부네 방앗간 구경을 간다. 새까맣고 커다란 엔진은 거친 숨소리를 내며 기차 바퀴보다 더 큰 바퀴를 힘차게 돌린다. 그 바퀴에는 엄청나게 큰 벨트가 얹혀 있다. 벨트마다 크고 작은 바퀴들이 연결되어 있고, 바퀴에 연결된 기계들이 각자 소리를 내며 자기 일을 하고 있다. 내가 들었던 소리 중 기차 엔진 소리 다음으로 크고 시끄러웠다. 무슨 말을 해도 알아들을 수가 없어서 이모부는 손짓으로 형과 나에게 가라고 한다. 외사촌형을 따라 논둑길을 걸어오다 보니 이모네 집이 보이기 시작한다. 굴뚝에서는 밥 짓는 연기가 몽글몽글 춤을 추며 바람 따라 하늘로 올라가고 있다. 내일이면 엄마가 오라고 한 날이다. 내일을 생각하니 내 가슴에 커다란 돌을 올려놓은 듯하다.

어린 시절 자다가 자주 꾸던 꿈이 있다. 돌덩이 같은 주먹을 쥔 덩치 큰 거인이 내 앞에 나타나 나를 혼내는 그런 꿈이다. 그 꿈을 꾸면

흐느끼다 잠에서 깨곤 했는데 내가 베고 있던 베개는 무서워서 흘린 눈물로 흥건히 젖어 있다. 내일이면 집으로 가야 한다. 잠을 자면서 난 무서운 거인 꿈을 또 꾸었고, 내가 베고 잔 베개는 어김없이 젖어 있었다.

이모는 내가 가져온 보자기에 집에서 올 때 갖고 왔던 것보다 더 많이 이것저것 다시 싸 준다. 점심을 먹은 후 이모는 버스 도착 시간에 맞추어 나를 버스 정거장으로 데리고 간다. 얼마 후 기다리던 버스가 왔고 이모는 차장에게 차비를 주며 말한다.

"이 애 웅천 구장터에 좀 내려주세유!"

차장은 고개를 끄덕거렸고, 내가 올라타자 버스는 뒤도 안 돌아보고 출발한다. 이모네로 갈 때는 엄마가 버스에서 내리면 이모가 기다린다는 말을 해주었기에 편안하게 졸면서 갔지만 집으로 갈 때는 이모가 차장에게 어디다 내려주라고 말만 했지 엄마가 나와 있을 거라는 말은 없었다. 졸음도 오지 않아서 버스 창밖만 보며 간다.

버스는 낯선 곳에 정차했고, 차장은 나보고 내리라고 했다. 나는 내가 내릴 곳이 아니라고 몇 번을 얘기했지만 버스 차장은 거의 강제로 버스에서 밀어낸다.

"아까 그 아주머니가 구장터에 너 내려 주라 했어, 임마!"

나를 내팽개치듯이 던져 놓고 간 버스는 시원하다는 듯이 먼지를 뿌리며 멀어져 간다. 주변을 아무리 둘러보아도 내가 출발한 우리 동네 구장터가 아니다. 보여야 할 낯익은 대합실도 없다. 분명 나는 잘못 내려졌다. 버스는 또 언제 올지 모르고 나는 차비도 없다. 버스가 가 버린 방향을 따라 걸어가기 시작한다. 얼마를 갔는지 모르지만 올 때 보았던 호수가 보인다. 하지만 고깃배는 보이지 않는다. 멀리 보니 배는 호수에 나가 있었다. 배가 고프기 시작했고 동시에 걷는 것이 힘들어졌다. 이모네 집에서 먹었던 쌀밥과 구운 김만 생각난다. 이모가 챙겨준 보따리가 점점 무겁게 느껴진다. 날이 어두워질수록 지나가는 자동차들의 속도는 점점 빨라지고 있다. 배는 점점 더 고파가고, 차로부터 뒤집어쓴 흙먼지를 터는 것도 이제는 귀찮다.

자동차 전조등에 불이 들어오기 시작하고 신작로를 오가는 차량이 아까보다 좀 덜하다 싶을 때쯤 담임 선생님 아버지의 한약방이 보인다. 그래도 조금 전까지는 걸을 수 있었는데 한약방 불빛을 보니 갑자기 기운이 없다. 얼마 동안 그냥 앉아 있다가 이모가 싸준 보따리를 어깨에 던져 업듯이 하고 역전사거리를 지나 큰 다리를 향해 걷는다. 이제 조금만 더 가면 된다. 집이 가까워질수록 힘이 나야

할 텐데 내 몸은 마치 땅 속으로 기어들어가는 것 같다. 발바닥은 벌에 쏘인 듯 얼얼하고 불이 난 듯 화끈거린다. 고개를 숙인 채 큰 다리를 건너 작은 다리로 가기 전에 길 옆에 다시 앉는다. 이모네로 갈 땐 웃어 주던 코스모스가 이젠 불쌍하다는 듯 나를 쳐다본다. 나도 코스모스를 노려본다. 잠시 후 고개를 들어 앞을 보니 기차 철도가 놓여 있는 철다리가 보이고, 철다리 뒷산 위에 떠 있는 달이 코스모스와 나를 번갈아 보고 있다. 조금 전까지 초라한 나를 조롱하듯 고개를 흔들며 쪼아 본 코스모스가 '이제 조금만 더 가면 되니 기운 내라'며 웃음을 지어주고 있다.

학교가 보인다. 이제 저 담장을 돌아 언덕이 보이면 다 온 것이다. 언덕과 집 중간쯤에 동네 사람들이 공동으로 사용하는 우물이 있다. 이모가 싸 준 보따리를 끌다시피 하며 우물까지 올라온다. 집이 보인다. 이젠 다 왔다. 몇 시인지 시간 개념을 잊은 지 오래다.

점심 후 아무것도 먹지 못한 허기진 배는 모든 것을 포기한 모양인지 배고픈 느낌도 없다. 발바닥에서 전해 오는 쩌릿쩌릿한 아픔과 어깨의 고통만이 머리를 때리고 있다. 집이 너무 조용하다.

"엄니, 저 왔어유. 이모네서 지금 왔어유!"

대답이 없다. 이번엔 동생들을 불러 본다.

"오빠 왔어!"

이모가 싸 준 보따리를 툇마루에 던져 놓는다. 다시 한 번 울먹이며 내가 집에 왔음을 알리려 하는데 말이 끝까지 이어지지가 않는다.

"엄마, 저……."

컴컴한 하늘을 쳐다보니 함께 걸어온 달이 나를 내려다보고 있다. 달이 커졌다 작아졌다 하더니 형상을 알아볼 수가 없이 찌그러진다. 그러자 나도 모르게 흘러내린 눈물이 볼을 타고 목덜미를 지나 가슴골을 타고 흘러간다.

힘든디 좀 쉬었다 혀라

"힘들면 좀 쉬어!"

어렸을 때나 지금이나 제일 듣기 좋은 말이다. 시골에서 서울로 상경한 우리 가족은 아버지와 의형제를 맺은 큰아버지 도움으로 중곡동에서 집을 지었다 파는 일명 집 장사를 하기 시작했다. 자금이 부족했던 부모님은 주변 사람의 도움을 받아 계약금에 조금 더 주고 집 지을 땅을 매입했다. 건축한 집이 매매되면 나머지 땅값과 각종 건축 자재비 그리고 목수, 미장, 쓰미, 전기, 공그리, 수도 등 집을 준공하는 데 동원된 일꾼들의 품삯을 계산해 주었다.

그 당시 집 짓는 현장에는 '야방'이라는 호칭으로 불리는 일꾼이 있었다. 그 사람은 임시로 만든 허름한 창고 같은 곳에서 숙식을 해

결하며 밤 동안 건축 현장의 물건들을 훔쳐가지 못하도록 감시하는 일이 주 업무였다. 밤이 되기 전까지는 현장에서 주요 공사를 돕거나 주인의 지시를 받아 허드렛일을 한다. 주요 공사가 끝날 무렵인 저녁때가 되면 야방의 일이 본격적으로 시작된다. 인근 주민들로부터 민원이 들어오지 않게 공사장 주변을 청소하고, 행인들이 위험하지 않게 여기저기 흩어져 있는 건축자재들을 정리 정돈한다. 또한 다음날 공사를 쉽게 시작할 수 있게 미리 건축자재를 점검하고, 없으면 주인에게 알려주어 준비하게 하는 일도 야방이 하는 일이다. 우리 집이 집 장사를 하면서 공사 현장에 야방 아저씨를 두기 시작한 것은 아마도 내가 고등학교에 들어간 이후였을 것이다. 그마저도 경비를 아끼기 위해 공사 때마다 두지는 않았고, 몇 번만 쓴 것으로 기억하고 있다.

국민학교 수업이 끝나면 나는 가방을 들고 집 짓는 현장으로 갔다. 엄마는 현장의 일꾼들과 섞여 여기저기 돌아다니며 소리를 질렀다. 어느 때는 일하는 사람과 싸우기도 했다. 한쪽 구석에 가방을 놓고 누가 시키지 않는데도 내 할 일을 알아서 찾아서 했다. 그것은 아주 단순하고 간단한 일이었다. 먼저, 목수가 쓰다 남은 합판을 한군데 모아 정리한다. 가져다 쓰기 좋게 모아서 정리해 두어야지만 목수는 새 합판을 쓰지 않고 남은 합판들 중에서 골라 쓸 수 있기 때문이다. 일하는 사람들 중에 엄마가 제일 많이 소리치는 사람이 목수다. 그 이유는 당시 합판 값이 아주 비쌌기 때문에 남은 합판을 최대한 많이 활용해야 돈을 아낄 수 있기 때문이었다.

그 다음 내가 하는 일은 공사장 이곳저곳을 다니면서 목수가 쓰다 버린 구부러진 못을 찾아서 주워 오는 일이다. 나름 꼼꼼하게 버려진 못을 다 주워 왔다 싶으면 단단한 세면 벽돌과 망치를 가져다 놓고 앉을 곳을 마련한다. 구부러진 못을 벽돌에 올려놓고 망치로 두드려 펴는 것이다. 구부러진 못을 한 개씩 펴다 보면 아무것도 없던 공간이 펴진 못으로 메워지게 된다. 야방을 대신해서 하는 일 중에 제일 하기 싫은 일은 빈 방에 흙을 퍼 나르는 일이다. 바깥에 쌓아놓은 연탄재나 흙을 삽으로 퍼서 나무로 만든 네모난 질통 안에 담는다. 질통을 메고 방까지 걸어 들어가 질통과 연결되어 있는 오른쪽 줄을 놓는다. 그러면 줄이 풀어지면서 질통의 밑 뚜껑이 열리고 흙이 쏟아진다. 반복해서 똑같은 일을 하다 보면 텅 비어 있던 방은 잡흙으로 메워져 가고, 그럴수록 내 몸은 방바닥 밑으로 가라앉는 것 같았다.

다음날 미장이 평탄하고 매끄럽게 시멘트를 바르면 방이 완성된다. 질통을 메고 방들을 메우고 나면 며칠 동안 허리와 다리가 아프다. 어디선가 엄마의 목소리가 들린다.

"콩아, 힘든 디 조금 쉬었다 혀라."

엄마의 목소리에 다시 힘이 나지만 나는 대답도 하지 않고, 고개를 들어 엄마를 보려고 하지도 않는다. 담배 냄새가 가까이 난다. 지금도 어머니는 담배를 즐겨 피운다.

일꾼들이 공사 현장을 떠나면 엄마와 나의 본격적인 일이 시작된다. 지저분한 현장을 정리하고 특히 사람이 다니는 인도가 지저분하면 수도꼭지에 호스를 연결하여 여기저기 떨어진 흙과 먼지를 물로 깨끗이 청소한다. 끝으로 건축자재가 손 타지 않게 바네루(패널)로 덮어놓거나 오비끼(현장에서 쓰는 각재 중 가장 두꺼운 각재) 같은 것으로 눌러 놓는 것이다. 특히 시멘트는 밤에 이슬이 내리거나 비가 와서 젖으면 못쓰게 되기 때문에 특별히 신경 써서 잘 관리해야만 한다. 쌓아 놓은 시멘트 위로 올라가 비가 와도 젖지 않게 비닐을 씌워 놓는다. 그런 후에 비닐이 바람에 날아가지 않도록 바네루로 다시 엎어 놓으면 끝이 난다. 학교 수업 후 집 짓는 현장에 올 때는 환한 낮이었는데 어느새 어둠이 깔리고 있다. 엄마는 마무리된 시멘트 포대들 옆에 앉으면서 담배를 꺼낸다.

"공아, 힘든디 조금 쉬었다가 집에 가자."

학교 끝나고 집에 갔을 때 엄마가 없는 것이 싫었다. 집에 가면 없는 엄마가 여기 오면 있다. 비록 위험하고, 시끄럽고, 정신없는 공사 현장이지만 여기 오면 엄마가 있어서 좋다. 무엇보다도 내가 엄마를 도와줄 때 좋아하는 모습을 보는 것이 좋다. 현장에 와서 엄마를 도와 준 다음날은 학교 준비물 살 돈을 달라고 말을 할 때 편하게 말을 꺼낼 수 있다.

엄마랑 가게에 들려 반찬거리를 샀다. 돼지고기를 사는 날이면 그날은 맛있는 김치찌개를 먹는 날이다. 나는 꽁치를 살 때가 제일 좋았지만, 사자고 말하지는 않았다. 꽁치는 아버지가 안 먹는 거라 엄마는 어쩌다 한 번 살까 말까 했기에 나는 먹고 싶다는 말을 한 적이 없다. 이렇게 엄마를 도와주는 날이면 내가 사자는 말을 하지 않았는데도 엄마는 가끔 꽁치를 샀다. 지금도 소금을 뿌린 구운 꽁치가 제일 맛있는 음식 중 하나다.

어느 겨울이었다. 집 짓는 현장에서 구부러진 못을 펴다가 손가락이 얼어 실수로 망치로 손가락을 내리쳤다. 그날 집에 오면서 엄마는 나를 구멍가게로 데리고 갔다. 연탄화로에 동그란 통이 얹혀 있고 통 속에서 끓고 있는 물이 층층이 얹혀 있는 하얀 호빵을 데우고 있었다. 구멍가게는 늘 들르는 반찬가게 바로 옆에 있었다. 엄마는 내가 안쓰러웠던지 그날 처음으로 호빵을 한 개 사주었다. 밑에 종이가 둘러져 있는 하얀 호빵이였다. 눈처럼 하얀 호빵 가운데에 달디 단 단팥이 들어 있었다. 주걱으로 해먹었던 달고나도 달고 맛있지만 입 속에서 돌려 가며 씹고 있는 호빵의 단맛은 황홀하기까지 했다. 지금도 나는 그때 먹었던 호빵을 즐겨 먹는다.

건축 현장에서 엄마를 도와 일을 마치고 집으로 가는 길은 즐거웠다. 한 손에는 가방을, 한 손에는 가게에서 산 반찬거리가 든 봉지를 들고, 집으로 가는 길은 멀었지만 엄마가 해줄 저녁 반찬을 생각하며 걷는 길은 행복하고 달콤했다.

제2부

집을 떠나다

비는 내리고 말은 빗물을 마시고 있다

하룻밤에 1,000m의 폭우가 제주에 쏟아졌다. 오늘도 그치지 않고 계속 내리고 있다. 제주에 내리는 비 가운데 바람을 동반한 집중 폭우는 유독 차갑고 세차다. 특히 중산간 지역에 내리는 폭우는 더욱 그렇다. 그건 아마도 섬의 깊숙한 내면의 고독과 외로움이 비에 녹아 함께 흩뿌려지기에 그런 게 아닌가 여겨진다.

빗속을 뚫고 이동하는 중에 렌트카 차창 밖으로 비를 맞고 있는 말과 그를 가두어 놓은 울타리를 만났다. 울타리는 필요한 사람이 정하고 목적에 따라 만드는 인공 장애물이다. 그 틀은 틀 안에 존재하는 대상과 틀 밖의 존재에 대하여 경계를 만드는 장애물이다. 살아오면서 의식적으로 혹은 무의식적으로 내 삶에 스스로 울타리를 만들어 경계에 갇혀 있는 것은 아닌가 순간 생각해 본다. 촬영된 사진 속 비를 맞고 있는 말이 마치 나인 것 같은 착각에 끌려 카메라 셔터를 눌렀다.

지금 내 앞에 있는 저 말은 인간이 만들어 놓은 울타리 안에서 사육되고 있고, 주인의 필요에 맞게 길들여지면서 살고 있다. 나 역시 세상 누군가가 만들어 놓은 규칙이라는 울타리 안에서 인생이라는 시간을 보내고 있고, 나에게 던져진 삶의 목적에 맞게 길들여진 채 살아가고 있는 것은 아닐까. 카메라 프레임 안에 들어온 말에게 '존재'라는 의미를 부여해 본다. 말은 목적에 의해서 존재하는 의식의 대상으로, 울타리는 무의식적 경계로 내게 다가왔다. 비를 맞으며 물을 마시고 있는 말이 의미 있는 존재라면, 말에게 있어서 나는 먼지와 같이 금방 사라져 버릴 무의미한 존재로 비쳐지고 있는 것이다. 지금 쏟아지는 장대비는 내가 느끼는 의식과 무의식 사이에, 내가 생각하는 의미와 무의미 사이에 경계가 되어 주고 있다.

운전하는 동안 차 안의 라디오에서는 어제 내린 폭우가 제주 기상 관측 이후 가장 기록적인 폭우 중 하나였다는 뉴스를 호들갑스럽게 전한다. 차의 창문을 때리는 빗소리와 바닥에 고인 빗물을 가르는 바퀴의 거친 물소리가 합쳐져 유년의 기억 단상을 헤집어 놓기 시작하자 과거의 회상 속으로 소용돌이처럼 빨려들어간다.

비는 내리는 계절에 따라, 시간에 따라, 장소에 따라 느낌과 소리가 다르다. 좀 더 직접적으로 말하자면 비올 때 나의 상태와 기분에 따라서 비가 전해 주는 분위기와 그 느낌이 다르다는 말이다. 지금도 가끔 내리는 비를 보고 있으면 마음이 편안하고 좋다. 특히 땅에 고여 있는 물웅덩이에 떨어지는 빗소리를 들을 때면 웬만한 교향악단 연주를 들을 때보다 더 좋다. 내가 전원주택에 살고자 하는 이유를 묻는다면 단연코 빗소리를 듣기 위함이다. 아직도 개인주택 툇마루에 앉아서 떨어지는 낙숫물 소리를 듣는 것이 현실로 되는 꿈을 지우지 않고 있다. 어느 때는 내리고 있는 비가 내가 하고 싶은 말을 대신하여 소리를 내고 있는 듯한 환상에 빠지기도 한다. 요즘 유행한다는 불멍보다 난 물멍이 좋다. 아무 말 없이 내리는 비를 그저 멍하니 보기만 해도 가슴이 저리기도 하고 시원해지기도 하는데 그럴 땐 눈도 덩달아 맑아짐을 느낀다.

사진을 찍는 나에게는 보이는 사물들이 모두가 저마다 갖고 있는 고유의 색이 있는 것처럼 보일 때가 있다. 자연이 주는 빛을 보듬어 존재를 드러내는 피사체를 촬영하면 내가 찍어놓고도 만족스럽다. 날씨 좋은 날 태양빛은 사물에 광채를 내지만, 비가 내리는 날 구름

속에 숨어 있는 빛은 사물의 속살을 비추어 그들의 본모습을 되찾게
해 주는 듯하다.

구름에서 땅으로 떨어지는 비는 하늘과 지상을 연결해 주는 선이
아닐까. 그 가운데에 삶의 주인공인 내가 존재하고, 그리고 주변이
있다. 겨울은 검은색이다. 사진에서의 검은색은 죽음을 상징한다.
녹색이 사라진 겨울이라는 죽음의 세계에 비는 눈으로 변하여 다가
올 봄에 자연의 생명을 잉태시키는 씨앗의 역할을 한다. 사진에서는
흰색을 태양의 빛으로 의역하여 탄생의 의미로 재해석하기도 한다.
내가 흑백사진을 좋아하는 이유는 사각형의 프레임 안에서 죽음과
탄생이 맞물려 돌아가고 있음이 보이기 때문이다. 내가 살고 있고
존재하는 이 순간도 곧 사라진다. 사라지는 것은 죽음과도 같다. 죽
음과 탄생이 교차하는 공간이 카메라 프레임 안이라면 사라짐과 나
타냄의 맞물림 속에 지금 나는 존재하고 있다.

누구에게도 방해가 되지 않는 곳에 장대비가 내린다면 나는 내 몸
을 두르고 있는 모든 가식의 옷을 벗고 하늘이 내려주는 탄생의 축
복을 온몸으로 맞이하고 싶다.

하늘을 향해 입을 열어 내 앞에 있는 저 말처럼 내리는 비를 지칠
때까지 마시고 싶다.

통한의 길

　　폴란드 오시비엥침(아우슈비츠)으로 가고 있다. 그곳은 제2차 세계 대전 당시 독일의 아우슈비츠 강제수용소가 있던 곳으로 유대인 대학살의 현장이다. 사진여행은 가능한 고속도로가 아닌 국도로 이동한다. 그 이유는 느리게 가면서 만나게 되는 그곳의 사람, 집, 건물, 풍경 등 스쳐가는 대상에게서 본 속살과 그들에게서 느낀 체온을 프레임에 담기 위함이다. 수세기 동안 주변 강대국들에게 시달리고 핍박당한 국가에는 그 나라만이 갖고 있는 특성이 있다. 그런 나라의 많은 사람들은 외국인을 경계하고 두려워한다. 평상시 길을 걸을 때도 시선을 아래로 향하여 걷고 있는 모습을 자주 목격하게 된다. 그들이 많이 부르는 노래를 들을 때면 무슨 말인지 알아들을 수는 없지만 우리나라 전통민요 중 한이 담긴 노래에서 들었던 것과 비슷한 곡조가 흐르고 있음을 느낀다. 내 나라와 비슷하다는 역사적 동질감 때문일까. 길에서 또는 식당에서 내가 만난 폴란드 사람들의 표정엔 웃음이 없었고, 거리는 우울한 느낌으로 다가왔다. 이동하면서 차창 밖으로 본 그들의 집 또한 회색 혹은 검정색으로 어두웠다.

오시비엥침의 아우슈비츠 강제수용소는 유대인을 태우고 온 기차가 역에 도착하면 그들이 바로 수용소로 들어갈 수 있게 설계되어 있다. 아우슈비츠 강제수용소는 독일이 유럽에 있는 유대인들을 수용하고자 세운 여섯 개의 강제수용소 중에서도 본부 같은 곳이다. 1942년부터 2년 동안 기록된 숫자만 약 80만 명의 유대인이 이곳에서 죽임을 당했다. 기록에 없는 사람들이 더 많았다 하니 알려진 숫자는 의미가 없다.

폴란드는 123년간 세계지도에서 없어졌다가 1918년 독립했다. 제2차 세계대전 이후 서부는 독일에, 동부는 소련에 분할 점령되었다가 우리나라처럼 1945년 해방을 맞았다. 강대국들에게 둘러싸여 있는 지형적인 위치로 인하여 수차례 당한 망국의 경험과 그에 따른 설움이 깊숙이 남아 있다. 현재의 폴란드 사람들은 그런 역사의식이 민족적 자존감으로 승화되고 발전하였으며, 지금은 나라를 떠받치는 힘이 되고 있다.

사진을 찍는 사람은 자기가 표현하고 싶은 대로 대상을 왜곡하려고 하는 성향을 갖고 있다. 좀 더 구체적으로 말하면 촬영하고자 하는 대상을 자기 멋대로 자르고, 비틀고, 왜곡시켜 카메라 앞의 대상을 자기화하여 본인이 표현하고자 하는 시선으로, 감성으로 재탄생시키려고 하는 고집이 있다. 나는 내가 가고 있는 이 길을 폴란드 사람들이 강대국 사이에서 핍박받은 설움이 뭉친 '응어리 길'로, 강제수용된 유대인들이 지나면서 흘리고 갔을 '눈물의 길'로 표현하고 싶다.

렌터카는 비포장 같은 포장도로를 달리고 있다. 점심때가 지난 지 얼마 되지 않아서인지 햇빛은 강렬했고, 차량 정면은 역광이어서 사진촬영 조건으로는 그리 좋지 않다. 흔들리는 차 안에서의 사진촬영은 대부분 멀미를 동반한다.

사진을 찍는 사람은 자기가 좋아하는 대상이 출현하면 본능적으로 셔터에 손이 올라간다. 마치 사냥꾼이 포획하고자 하는 대상이 나타나면 본능적으로 들고 있는 총의 방아쇠를 당기듯이 사진가는 셔터를 눌러 대상을 남긴다. 그 순간에는 내가 숨을 쉬고 있는지, 심장이 뛰고 있는지, 걷고 있는지, 아무런 감각도 의식도 없다. 오로지 내 시선만이 카메라 프레임 속 대상과 본능적으로 교감한다. 카메라 프레임 속이 엄마의 자궁이 되고, 피사체는 그 속에서 사진이라는 생명으로 탄생하고 호흡한다.

자동차의 시끄러운 엔진 소리도, 도로에 부대끼는 바퀴의 고통 소리도, 차 안 사람들의 수다 소리도 들리지 않는다. 카메라 프레임 속의 영상만이 찍히고, 사라지고, 다시 찍히고, 사라지고를 반복하고 있다. 카메라 셔터 소리가 내 귀를 때린다. 포수는 자기가 노리는 대상이 숨어 있을 만한 장소를 온몸의 세포를 통해 감각적으로 안다. 프레임 속에 대상이 나타날 때를 기다렸다가 나타나면 포수처럼 그 순간을 놓치지 않는다. 도로 한쪽의 전깃줄은 삶이 고단한 사람들의 처진 어깨처럼 늘어져 있고, 지금은 의무감으로 버티고 있는 듯하다. 앞에서 오는 자동차는 보는 사람도 힘들게 기우뚱거린다. 한쪽 눈이 망가져 자동차 라이트 기능을 상실하고 있는 듯하다. 왕복 2차선 도로의 중앙선 표시는 거의 지워져 있다. 도로를 오가는 사람들의 안전을 위한 가드레일도 없다. 한 마디로 안전한 삶은 너의 몫이라고 말하는 듯하다.

왕복도로에서 역광이 만들어 준 쪽과 마주한 다른 한쪽의 어두운 부분은 시커멓게 탄 폴란드 사람들의 설움 덩어리 같다. 붙어 있는 나머지 한쪽 도로에 빛이 반사되고 있다. 아우슈비츠 강제수용소로 끌려가던 유대인들의 통한의 눈물 자국이다. 죽음을 예상하며 그들은 이 길을 지나갔을 것이다. 다시 돌아올 수 있게 해달라고 그들의 신에게 간곡히 기도하면서 갔을 것이다. 나는 이 길을 '통한의 길'이라 이름지어 본다.

그대는 여기가 어떤 곳인지 아는가

ARBEIT MACHT FREI(노동이 너희를 자유케 하리라)

폴란드 크라쿠프 근교에 위치한 아우슈비츠 강제수용소 입구 양
기둥 사이에 걸려 있는 쇠로 새겨진 문구가 위협적이다. 내 앞에 있
는 저 문은 카메라를 손에 쥔 관광객 신분인 나에게는 들어가고 싶
을 때 들어가고, 나가고 싶을 때 나갈 수 있는 그저 그런 문이지만 이
곳에서 희생된 수많은 유대인 수용자들에게는 어떻게든 살아서 나
가기만을 간절히 바랐던 문이었을 것이다. 출입을 허용한다는 의미
로 바리게이드가 하늘을 향해 올라가 있다. 입구로 들어서니 벽돌로
지어진 거의 똑같은 각진 건물들이 다가온다. 이 건물들이 명령한

듯 일정한 간격으로 서 있는 나무들이 견디기 힘든 중압감으로 가슴을 누른다. 수용소 내에 진득하게 내려앉은 공기와 스산함은 내 몸과 영혼을 휘감고 돌아간다.

내가 들어와 있는 이곳은 이성과 눈물이 있는 인간이 같은 인간에게 행한 가장 잔인한 행위가 서슴없이 자행된 장소다. '죽음의 벽'이라 불리는 총살 집행장에서 사라져 간 사람이 5천여 명이 넘고 기록된 사람보다 기록되지 않은 사람이 더 많다고 한다. 샤워실이라 속이고 집어넣은 가스실 벽에는 가스를 흡입하고 죽어가면서 남긴 고통의 흔적들이 있다. 마지막 순간까지 얼마나 힘든 고통을 견디며 죽어갔는지를 생생히 보여 주고 있다. 시체를 소각하던 화장터 전시장에는 "침묵을 유지하고, 그들의 고통을 기억하고, 그들의 기억을 존중해 주세요"라는 메모가 걸려 있다.

무어라 형용할 수 없는 무거운 마음으로 수용소 이곳저곳을 촬영하고 있는데 검은 양복에 검은 중절모자를 쓰고 흰 수염을 길게 기른 유대인 노인이 가이드처럼 보이는 흑인 한 명과 함께 이곳을 걷고 있는 모습이 눈에 들어왔다. 나는 유대인 노인에게 방해가 되지 않기 위해 조심하며 눈에 띄지 않게 일정한 거리를 두고 뒤를 따라가면서 촬영 기회를 보고 있다. 따라다니는 내내 노인은 고개를 약간 숙인 채 말 없이 앞만 보고 걸었다. 일정한 속도로 걷던 노인은 사진에 보이는 19번 방 앞에서 멈추어 섰다. 마치 왜 아까부터 나를 따라다니고 있나 따지려는 듯 그렇게 갑자기 멈추어 섰다. 노인의 걸음 속도에 맞추어 같이 걷던 나 역시 놀라서 동시에 걸음을 멈추었다. 잠시 망설이다가 흑인 가이드에게 다가갔다. 한국에서 온 사진작가라고 나를 소개한 후 저 분을 모델로 사진촬영을 하고 싶은데 나 대신 허락을 받아주면 감사하겠다는 말을 했다. 가이드는 노인과 무어라 대화를 한 다음 나에게로 다시 왔다.

"저 분이 당신의 촬영을 허가했는데 1분만 허락한다고 하네요."

나는 고개 숙여 감사 인사를 한 후 반사적으로 카메라를 고쳐 잡았다. 노인은 바로 나를 노려보듯이 쳐다보았다. 곁눈질하듯이 나를 쳐다보는 눈은 한쪽이 정상이 아니었다. 정상인 한쪽 눈만으로 쳐다보던 노인의 눈빛은 소름이 돋을 정도로 강렬함을 넘어 싸늘했고, 송곳처럼 날카로웠다. 그 느낌은 지금도 또렷하다. 잠시 무의식의 시간이 흘러갔고 촬영하고 있는 카메라 프레임 속에서 노인이 등을 돌리고 있음을 본다. 프레임에서 시선을 떼고 보니 노인은 이미 어디론가 걸어가고 있다. 노인의 등을 보면서 몸을 일으켰고, 그제서야 내가 노인의 사진을 찍기 위해 무릎을 꿇고 있었음을 알게 되었다.

이곳으로 들어간 사람들은 모두 죽음을 예측했을 것이다. 정상적인 두뇌를 가진 사람들은 본능적인 감각과 느낌으로 본인의 앞날을 어느 정도는 의식할 수 있다. 그러한 인간이 주체적으로 삶을 영위할 수 없는 공간으로, 죽음이 예상되는 공간으로 들어갈 때의 심정은 어떠했을까? 평범한 일상을 살던 사람들이 어느 날 갑자기 유대인이라는 이유만으로 함께 살던 가족, 친구 그리고 이웃과 분리되어 인간의 가치라고는 존재하지 않고 죽음의 그림자만이 넘실대는 공간으로 강제로 밀려 들어갔을 때 그 심정은 어떠했을까?

19번 방 앞의 사진 속 유대인은 말하고 있다.

"그대는 여기가 어떤 곳인지 아는가? 그때 이곳에는 인간만 있었고, 신은 존재하지 않았다네!"

풍크툼

   일상을 잠깐 내려놓고 집을 떠나 여행한다. 내가 있는 공간이 싫어서가 아니다. 나는 여행을 떠나는 것이 내가 갖고 있는 잠재된 본능의 한 부분으로 느껴진다. 여행지에서 돌아온 뒤에 또 어느 정도 시간이 지나면 다시 떠나고 싶다는 본능의 호소를 듣게 된다. 일정의 피곤함과 여행 중 예상되는 불편함도 본능의 요청을 잠재우기는 어렵다.

   여행지에 도착하여 공항의 출구 문을 열고 나왔을 때 혹은 자동차의 창문을 내렸을 때 처음 맡은 그곳의 냄새, 거리 풍경, 사람들의 표정, 식당에서 맛본 첫 번째 현지 음식의 맛은 여행 일정 전체를 지배하고 각인시킨다. 아마도 이는 내가 잊고 있었거나 잠재되어 가라

앉아 있던 감각과 의식의 한 부분이 여행지에서 마주한 낯선 시선과 감각으로 인하여 다시 살아나는 것이 아닌가 스스로 추론해 본다.

쿠바는 1511년부터 1898년까지 약 400년간 스페인의 지배를 받았다. 도시 전체가 유네스코 세계문화유산으로 지정되어 있는 쿠바의 트리니다드는 스페인 식민지 시절이었던 16세기에 세워진 도시로, 18세기 후반부터 19세기 후반까지의 건물과 도로가 원형에 가깝게 유지되어 있다. 그야말로 도시 전체가 건축 박물관 같은 곳이다.

18세기 후반에 마차가 다니는 도로였을 거라 짐작되는 돌로 만들어진 길을 걷고 있다. 마요르 광장으로 통하는 이 길 위에는 자동차보다 말이 끄는 수레가 더 많아 보인다. 수레에는 관광객 또는 짐을 실은 현지인이 타고 있다. 어렸을 적 고향에서 봤던 짐을 실은 수레에 사람이 함께 타고 가는 모습이다. 마치 우리나라 1960년대 후반 풍경이 바로 지금 내 앞에 펼쳐지고 있다. 영업용 차량으로 개조한 수레는 관광객을 태우기 위해 돌아다니고 있고, 지역 주민으로 보이는 사람들은 수레에 짐을 싣고 말을 재촉하며 어디론가 가고 있다. 주민들의 얼굴은 여유로워 보이고 표정은 밝다. 관광객이 낯설지 않아서인지 여행자인 나에게 보내는 웃음이 정겹고 카메라 렌즈를 거부하지 않아 사진촬영하기 편하다.

비 개인 오후, 오래된 성당 주위를 걷는다. 건물들에게서 나온 그림자가 게으름을 피우며 편안하게 돌길을 베개 삼아 누워 있다. 서럽게 푸르른 파란 하늘에서는 구름이 내려다보고 있고, 전봇대에서 시작된 전깃줄은 주변의 건물들을 서로 연결하며 그들의 삶을 이어주고 있다.

길 위의 사람도 동물도 저마다의 평범한 일상의 모습이 그저 평화롭기만 하다. 어떤 사람은 벽에 기대어 있고, 어떤 사람은 앉아 있고, 어떤 사람은 서 있다. 목마른 개는 꼬리를 감고 긴장된 자세로 고여 있는 물을 마시고 있고, 사람들은 햇볕을 피해 시원한 그늘에서 대화를 하고 있다. '풍크툼'이라는 단어가 떠올랐다. 사진을 감상할 때 작가가 의도한 바를 관객이 동일하게 느끼는 것을 '스투디움 Studium', 작가의 의도와는 관계없이 관객이 자신의 경험에 비추어 느끼는 것을 '풍크툼Punctum'이라 한다. 프랑스의 구조주의 철학자이며 비평가인 롤랑 바르트Roland Barthes는 "피사체에 대한 단순한 감상이나 인지인 스투디움에 균열을 내는 풍크툼을 담고 있는 사진이 좋은 사진"이라고 주장했다. 우리는 자기가 겪었던 사건이나 시공간에서 함께 했던 기억을 잊고 살 때가 많다. 이런 기억들은 여행지에서 낯선 감각을 접할 때 의식 밖으로 나올 때가 있다. 나는 이 순간을 '풍크툼'이라고 정의 내린다. 부모님이 싸운 날 밤이면 종종 울면서 잠든 적이 있다. 흘린 눈물로 적신 베개의 싸늘함, 얼굴을 때리는 장대비의 차가움, 저녁 무렵 집 툇마루에 앉아 맡았던 다른 집에서 나오는 밥 짓는 냄새 등이 풍크툼이 되어 날카로운 면도날에 살이 베이듯이 사르르 의식을 깨우고 지나간다.

쿠바 트리니다드에서 나는 이미 죽음이 되어 버린 과거의 순간들을 사진으로 담아내고 있다. 내 육체는 집을 떠나 쿠바 트리니다드에 와 있는데 영혼은 잠시 이곳을 떠난다. 가슴 아팠던 기억, 말하지 못해 남아 있던 음성은 카메라 프레임 속에서 사진이라는 형태를 빌려 다시 살아나고 있다. 내가 살고 있는 도시는 오래되고 전통이 있다 해도, 인간의 필요에 의해 새로운 것으로 변화시켜 버리는 자본주의 한복판이다. 이곳 쿠바 트리니다드 구도심에 존재하는 건물들의 외관은 이미 자체 수명이 훨씬 지나 보인다. 그럼에도 대부분 수리한 흔적이 없다. 아마도 경제 사정상 그대로 유지할 수밖에 없었을 것이다. 결과적으로 지금은 유네스코 세계문화유산으로 지정받았고, 그 덕분에 관광객들의 눈이 호사를 누리고 있다. 내가 태어나고 자란 곳이 콘크리트 회색 건물들로 둘러싸여 있는 도시가 아니어서 그런지 나는 이런 포장되지 않은 도로와 허물어져 속살이 보이는 건물 벽에 기대어 있는 것이 좋다.

　도시 속의 시선은 콘크리트 벽에 갇혀 있고, 시력은 먼 곳까지 볼 필요가 없기에 약해져 있다. 어쩌다 자연으로 가기 위해서는 집을 나와 몇 시간씩 차를 운전해야 원하는 곳으로 갈 수 있다. 가는 과정이 힘들다는 것을 알면서 도시 사람들은 각자 그들이 갖고 있는 무의식 속의 풍크툼이 안내하는 대로 본능의 유도에 따라 길을 떠나고 돌아옴을 반복한다. 생을 유지하기 위해서 살아가고 있는 도심에서는 삶의 속살을 보기 어렵다. 사람이 살아온 삶의 때가 배어 있는 곳에 가면 마음이 저절로 편안해진다. 얼마 남아 있지 않은 종로 뒷골목의 옛 풍치, 충무로와 을지로 뒷골목 샛길 사이에 있는 오래된 밥집에서 먹는 밥은 마치 집밥같이 편안하고 맛있다. 어쩌다 그 동네 골목 술집에서 마시는 술은 장소 자체가 안주가 된다.

　그래서 나는 내가 살고 있는 마포가 좋다. 아직 이곳에는 도라무통(드럼통을 속되게 이르는 말)을 잘라서 그 안에 숯불이 아닌 연탄불을 넣고, 덩어리 돼지고기를 올려 소금을 찍어 먹는 집이 있다. 이 집은 이곳 한 장소에서 아버지의 뒤를 이은 아들이 20여 년 넘게 장사를 해 오고 있다. 마포 골목에는 아직도 곳곳에 자기들의 고유 메뉴로 명맥을 유지해 오고 있는 집들이 남아 있다. 내가 다녀본 이런 집들은 공통점이 있는데 오고 간 사람들로 인하여 닳아 있는 문턱을 넘어서는 순간 사람 냄새가 난다.

각종 경고와 안내를 표시하는 도로 안전선이 컬러로 그어져 있고, 사람을 통제하는 전자 신호등이 위협하는 우리네 아스팔트 대신 오래 전부터 사용되어 자연스레 반질반질해진 돌로 만들어진 도로 위를 걷는다. 울퉁불퉁한 길바닥의 느낌이 발에 전해지고 있다. 쇠덩어리 엔진에서 나오는 굉음과 그 몸에서 배설되는 가스가 가득한 도심보다 사람과 같이 숨 쉬며 살아 있는 말이 끄는 수레가 다니는 도로가 정겹고 편안하다. 무엇보다도 거리에 가로등이 없다 보니 이곳에 있는 동안 밤이 밤 같아 좋다. 인공적인 빛과 소리로 방해받지 않는 어두운 밤은 진정한 안식을 준다.

이런 밤은 죽음 앞에서도 평온할 것 같다.

나는 아직 존재한다

　쿠바에 있는 일정 내내 비오는 날이 많았지만 그날은 아침부터 비가 왔다. 하루 종일 비를 피해가며 쿠바 아바나 올드 시티의 구석구석을 촬영하고 있다. 쿠바에 체류한 지 1주일이 지나면서 어느 정도 현지에 익숙해져 가고 있다. 카메라와 한몸이 되어 이곳저곳 거리를 걸어 다녔다. 이제는 그리 낯설지 않아 의식이 전환되어 보이는 대로 셔터를 눌렀다. 그러다보니 이제는 새로운 대상도 시선에 들어오지 않는다. 회사가 걱정되면서 집에 가고 싶다는 생각도 들었다. 사람은 낯선 곳에 익숙해지면 기존의 더 익숙했던 장소로 다시 회향하고자 하는 본능이 있는 것 같다.

　저녁을 먹는 동안 하루 종일 내 몸을 지탱해 준 젖은 신발을 식탁

다리 옆에 세워 말린다. 조금 이른 저녁식사를 마친 우리 일행은 잠깐의 휴식 후 다시 짐을 챙긴다. 지구를 반 바퀴 돌아 1박2일에 걸쳐 왔으니 힘들지만 1시간만 더 사진 촬영을 하자는 선생님 말씀에 누구도 이의를 제기하지 않는다. 피곤하니 그만 숙소로 가자는 제안은 말도 꺼내지 못하는 분위기다. 식당 테이블 다리에 힘겹게 기대어 있던 불쌍한 내 신발은 다시 불어터진 내 발에 끼워졌고, 밖에 나가 몇 발자국 걷지도 않았는데 절퍼덕 절퍼덕 신음소리를 내며 끌려오고 있다. 발걸음을 옮길수록 몸은 물먹은 솜처럼 점점 더 움직이기 힘들어지고 체력에 한계가 느껴진다. 그러면서도 내 시선은 여전히 사진의 대상을 찾고 있고, 카메라를 돌려 잡은 손목엔 아직 힘이 남아 있다. 다행히도 내 다리는 기계처럼 내 시선을 따라 움직여 주고 있다.

이건 거의 행군 수준이다. 지금 생각해보니 군대를 제대하고 이렇게 비를 맞으며 걸었던 기억은 없다. 6주 간의 훈련병 교육을 마치고 자대에 배치 받은 다음 우리 대대는 오대산으로 2주 동안 전지훈련을 떠났다. 뭐가 뭔지 모르는 이등병은 갈 때 어떻게 갔는지 모른다. 오대산에서 양구까지 일부는 육공 트럭을 타고 이동했고, 일정 구간은 1박2일 동안 행군하여 자대에 복귀했던 기억만 남아 있다. 행군

초반에는 50분 걷고 10분 휴식을 반복하면서 의식적으로 목표지를 향해 걸어가지만, 어느 시점부터는 앞사람의 뒤꿈치만 보며 무의식적으로 따라간다. 마라톤 하는 사람들도 어느 단계를 넘어서면 자동으로 다리가 일정한 리듬으로 움직이고 있다는 것을 느낀다고 한다.

'저 코너만 돌아보고, 멤버들과 만나기로 한 장소로 가면 오늘 촬영은 끝이다'라고 생각하니 마음이 가벼워졌다. 건물의 모서리에 기대어 쓰러지듯이 모퉁이를 돌아섰다. 그 순간 내 앞에 신처럼 나타난 존재! 그는 당당한 자세로 지친 모습 없이 비를 맞고 있었다. 관광버스의 조명이 그의 자태를 비쳐 주고 있었다. 그의 존재감은 순간적으로 나에게 황홀함으로 전이되었고, 잠시 모든 감각이 마비된 듯했다. 누르고 있는 카메라 셔터 소리가 멈추자 한기가 느껴지기 시작했다.

올드 카가 서 있는 도로 옆 배수로에는 그동안 내렸던 비가 모여 내려가면서 마치 개울물처럼 소리를 내고 흐르고 있다. 주변을 돌아보니 사람이 없다. 건너편에 불빛이 환한 호텔은 쿠바에서는 보기 드문 좋은 호텔이다. 관광버스에서 내린 사람들은 호텔의 어딘가에서 비 오는 쿠바의 밤을 즐기고 있을 것이다. 검정색 올드 카 주인 역시 따뜻하고 아늑한 호텔에서 그만의 시간을 보내고 있을 것이다. 버스의 조명만이 비 맞고 있는 올드 카를 위로해 주고 있을 뿐이다. 생산된 지 최소 50년은 족히 더 되어 보이는 자동차가 조금 기울어진 모습으로 서 있다. 생산됐을 당시의 모습을 최대한 유지하려 애쓴 흔적이 그의 몸 곳곳에 남아 있다. 꼼꼼히 살펴보지 않아도 금방 알 수 있을 정도로 가려진 상처는 뚜렷하다. 그러나 당당하게 누군가에 의해 움직여지기를 기다리고 있다. 자동차 본연의 임무를 더 할 수 있다는, 아직 살아 있다는 존재감을 뽐내고 있다. 사물의 존재감이 '있음'에서 비롯된다면 인간의 존재감은 무엇에서 비롯될까?

밤비를 맞으며 당당하게 서 있는 검정색 올드 카가 최상급 호텔과 비교되어 보이자 그 모습은 초라하다는 느낌을 넘어 서글픔이 되어 다가온다. 사물이 주는 경건함이 이보다 더할 수 있을까! 쏟아지는 빗줄기는 올드 카를 매몰차게 때리고 있다. 차에 부딪치는 빗소리는 아직 인정받고 싶다는 몸부림처럼 보인다. 수명을 이미 훨씬 넘어섰지만 그래도 아직 존재하고 싶어 하는 그의 몸부림은 내 가슴을 흔들어 헤집어 놓고 있다.

나는 쿠바에 와 있다!

기다리는 사람 곁으로

어느 나라 어느 장소에 있든지 해가 지는 저녁 무렵이 되면 나는 하루 중 가장 숙연해진다. 좀 더 솔직하게 표현하자면 하루 중 이 시간이 제일 좋고 이맘때쯤 되면 술 생각이 난다. 이 시간은 아마도 세상에 살아 숨 쉬는 존재들 대부분이 자기가 갖고 있던 에너지를 다 소진하고 쉬고 싶은 생각이 드는 때일 것이다. 내가 스스로 죽는 시간을 선택할 수 있다면 이 시간을 선택하는 데 조금도 망설이지 않을 것이다.

쿠바 시내 어느 외곽 구도심 지역의 언덕을 힘겹게 오른다. 낮에 간간이 비가 내린 탓인지 해질 무렵이 되니 약간의 한기가 느껴진다. 언덕을 타고 내려오는 바람은 외투의 앞섶을 여미게 한다. 사진가의 출사는 밥 먹을 때를 제외하고는 오로지 촬영이다. 동네 출사도 아닌 비행기를 1박2일에 걸쳐 세 번이나 갈아타고 온 해외 출사이다 보니 그 열정에 대해서는 더 이상 말이 필요 없다. 연일 이어지는 출사로 피로감이 쌓였고, 이제는 조그마한 언덕을 오르는데도 숨이 차다. 얼마나 더 올라가야 오르막이 끝날까. 바닥을 내려다보고 걷다가 무심코 고개를 들어본다.

정비가 제대로 되지 않은 도로는 차량이 지나면서 파헤친 속살이 곳곳에 드러나 보인다. 아스팔트는 낮에 내린 비로 아직 젖어 있다. 올려다보고 걷는 도로엔 사람의 그림자가 흐르듯 묻혀서 지나가고 있다. 사진에서는 그림자를 본체에서 탄생한 또 하나의 영혼이라고 표현하기도 한다. 길을 건너는 사람에게서 나온 그림자는 가로등의 기둥 그림자와 마주하고 있다. 걸어가고 있는 중년의 굽은 어깨와 가로등의 등은 묘하게 서로 닮아 있다. 타인에게 인정받기 위해서 살아온 인생이 아니다. 내가 책임져야 할 존재가 있기에 하루하루를 견디며 살아온 인생이다. 그렇게 세월은 흘렀고, 그러다 보니 지금 여기에 와 있는 것이다. 내가 살아온 세월의 끝이 바로 지금이고 오늘이다. 어제에 이어 오늘도 살아냈다. 어제와 비교해 본 오늘이 뭐 대단할 것도 없다. 어제 갔던 이 길을 다시 걸어 기다리는 사람들을 향해 가고 있다.

걸어가는 사람 앞에 가로등이 있다. 가로등은 매일 자기에게 주어진 책임을 다하고 있다. 거기엔 특별한 이유가 없다. 지나는 차와 사람들이 무사히 다닐 수 있도록 도로 옆에 서서 저녁이면 불을 밝힌다. 바람을 견디며 눈이 오나 비가 오나 해야 될 일을 할 뿐이다. 줄에 걸려 흔들리고 있는 신호등이 가로등의 친구가 되어 주고 있다.

중년 신사가 서류 가방을 들고 그들 사이를 지나고 있다. 그는 이 길을 아마도 셀 수 없이 많이 건넜을 것이다. 그 혼자 건너고 있는 도로 위의 신호등이 외줄에 매달려 바람 따라 흔들리고 있다. 멈춘 차량들은 그가 건너가기를 기다린다. 길을 건너는 사람도, 신호대기를 하는 차량도, 서 있는 가로등도 모두 지쳐 보인다. 중년 남자의 어깨는 도로와 비슷하게 기울어져 있고, 시선은 땅을 보고 있다. 어깨만 보면 하루의 고단한 삶에 눌린 듯 처져 보이지만 그가 옮기고 있는 발걸음에는 힘이 있고 고개 숙인 머리에는 가고자 하는 방향이 뚜렷하다. 그는 힘든 하루를 마무리하고 그를 기다리는 사람 곁으로 가고 있을 것이라는 생각이 들었다.

지금은 해와 달이 주어진 임무를 교대하는 시간이다. 해가 있는 낮에는 가장으로서 식구들을 먹여 살릴 의무로 보냈다면, 달이 뜬

밤에는 둥지로 들어가 따뜻한 온기를 나누어 주는 책임을 다해야 할 것이다. 아마도 그는 아내가 준비해 놓고 있을 저녁 밥상을 떠올리며 하루의 수고를 당연한 것으로 여기고 있을 것이다. 아이들은 지금쯤 매사를 간섭하고 훈육하는 엄마와 달리 늘 자기들 편을 들어주고 놀아만 주는 아빠를 기다리고 있을 것이다. 아내가 차려주는 저녁 밥상보다도 현관문을 열었을 때 하루 종일 아빠를 기다렸다는 듯이 환한 웃음으로 다가올 아이들의 얼굴을 떠올릴 것이다. 그는 기다리는 사람들 곁으로 바삐 걸어간다.

아리스토텔레스는 "행복이야말로 우리 인생의 최고의 선이며 궁극의 목적"이라 했다. 우리는 본인의 의지와는 상관없이 태어나 인생이라는 미로 속에서 살고 있다. 자의 혹은 타의로 선택한, 세상이란 무대의 배우로서 각자의 완성을 욕심내다가 삶을 마감한다. 이것이 평범한 인간이 살고 있는 일반적인 삶의 형태라고 스스로 결론내어 본다.

무엇이 내 삶을 지탱하고 있는 것일까? 잠시 지나온 시간을 돌아본다. 집안의 가장으로서 가족을 편안하게 살 수 있게 해야 하는 책임! 직원들의 생계를 책임져야 하는 기업가로서 사업을 큰 문제없이 경영해 나가야 되는 책임! 이러한 책임감은 결국엔 내 자신이 행복해지기 위해 필요한 핑계가 아니었을까? 먼발치에서 우연히 마주한 도로를 건너는 쿠바의 중년 신사가 행복한 삶이란 어떤 것일까에 대한 답을 알려주고 있다.

기다리는 사람이 있어 갈 곳이 있는 사람, 문을 열고 들어가면 사람의 온기가 느껴지는 공간을 가진 사람, 그곳에서 지친 육체와 영혼이 쉴 수 있는 사람. 이런 삶이 있는 사람이 아리스토텔레스가 말하는 행복한 삶이 아닐까?

무덤 앞 남자

나와 일행을 태운 승합차는 헝가리의 국도를 달리고 있었다. 어느 동네를 지나던 중 눈에 조그만 성당이 들어왔다. 사진을 찍는 사람들의 시선은 비슷한 것 같다. 누가 먼저 저기 한번 가 보자는 말도 없었는데 자동차의 방향은 동네 한가운데 가장 높은 곳에 있는 하얀색 성당으로 간다. 우리 일행이 그곳에 도착한 시각은 대략 정오를 좀 지났을 때였다.

도착한 성당은 국도의 좁은 길 주변에 모여 있는 파스텔 색감의 작은 집들과 조화를 이루고 있다. 잔잔한 종교적 아우라 속에 고고함을 품고 있는 성당은 작고 오래된 건물임에도 정성스럽게 잘 관리되고 있다. 이 성당을 보니 크리스마스 카드에 단골로 등장했던 성당 그림이 떠오른다. 흰색 바탕에 눈이 소복이 쌓인 성당의 창문에는 따뜻한 노란색 불빛이 밖으로 비쳐 나오고 있다. 그 성당이 지금 내 눈앞에 있다.

소박한 성당 한쪽 내리막 언덕에는 층층 계단식으로 무덤들이 경건하게 자리하고 있다. 다양한 크기로 서 있는 무덤 앞의 십자가는 무덤 속 인물의 사연을 대변하고 있는 듯하다. 언덕의 비바람을 견디며 자연스런 모습으로 변한 무덤 앞 십자가들은 이미 죽은 자의 가장 친한 벗이 되어주고 있다.

생의 너머에 한계가 존재하지 않은 곳으로 이미 떠난 이와 현재의 생을 살아가고 있는 무덤 앞 신사가 시선에 잡힌다. 죽은 자와 남아 있는 자 사이에는 어떤 메시지가 오가고 있을까. 무덤이 죽은 자의 존재라면 고개를 숙인 채 무덤 앞에 무릎 꿇고 있는 사람은 살아갈 생이 아직 남아 있는 존재다. 내 카메라의 시선은 두 존재에게 머물고, 두 존재가 주고받는 메시지에 주목한다. 앞에 있는 무덤의 주인공과는 어떤 사연이 있는 것일까?

'상처'와 '용서'라는 단어가 시공간을 넘어 메시지로 다가온다. 사람은 살아가면서 누군가에게 상처받기도 하고, 상처를 주기도 한다. 무의식적으로 잠재하고 있던 무언가가 어떤 계기로 인해 이성을 자제할 수 있는 한계를 넘는다. 그런 결과는 상대방에게 상처로 남는다.

무덤 앞에서 한동안 움직이지도 않고 똑같은 자세로 앉아 있는 신사는 무덤 속 존재에게 용서를 구하는 것처럼 보인다. 용서를 필요로 하는 배경에는 상대방에게 해서는 안 될 어떤 행위가 있었을 것이다. 용서는 지나간 과거의 시간대에서 서로에게 일어난 일과 연관이 있을 수밖에 없다. 과거에 대한 용서를 간청하면서 지금 내가 겪고 있는 고통으로부터 벗어나게 해달라고 하는 것은 아닐까?

인간의 역사에서 용서를 구하는 자들에게는 공통점이 있다. 용서를 구하는 자는 용서를 받고자 하는 이유가 있다. 그 이유는 대부분 자기가 용서를 받아야 본인의 영혼과 육체가 과거에 행한 어떤 잘못한 행위로부터 자유롭게 해방되기 때문이다. 용서는 용서를 구하는 자의 이기적 행동 중 하나이기도 하다. 용서를 구하는 자는 회개하면서 본인이 잘못한 점에 대해서 사죄하면 그만이다. 하지만 용서하는 자는 가라앉아 있던 상처를 꺼내 헤집었다가 다시 덮어야 한다. 아픈 기억을 덮기 위해서는 본인 외에는 아무도 이해할 수 없는 고통을 시간의 흐름으로 감내해야 하는 것이다.

현재의 시공간에 존재하는 신사와 존재하지 않는 무덤 속 대상 사이의 대화를 엿듣는다.

'그대의 존재는 나에게 준 상처보다 큽니다. 지금의 내가 당신 탓이라 생각하지 마세요. 그대는 이미 용서받았고, 그러니 이제부터는 힘들지 않기를 바랍니다.'

그들의 대화는 한동안 이어졌고 나는 그들이 주고받는 메시지를 경건한 마음으로 사진에 담는다. 무덤 앞에 있던 신사는 이미 떠났지만 나는 한동안 그 자리에 서서 성당 아래 조그마한 마을을 내려다보고 있다. 나보다 앞선 죽음에는 어떤 존재들이 있었나. 가장 먼저 떠오르는 사람은 역시 외할아버지다. 학교 앞 개울물 옆으로 나 있는 길을 따라 할아버지를 태운 꽃상여가 지나간다. 상여를 둘러싼 깃발들은 바람에 흩날리고 종소리는 청량하다. 감사한 마음을 이제야 깨닫는다. 받기만 했던 나에 대한 용서를 구한다.

동네의 골목 모퉁이에 아주머니 몇 분이 모여 대화를 나누고 있다. 트럭에 짐을 싣고 도착한 사람은 무언가를 내리고 있다. 큰길을 따라 마을 주민 한 명이 자전거를 타고 어디론가 바삐 가고 있다. 동네 중간쯤 있는 조그마한 텃밭에는 허리를 숙여 일하는 사람이 몇몇 보이고, 한쪽 골목 중간에는 아기를 업은 아주머니가 손에 무언가를 들고 힘겹게 언덕을 오르고 있다. 관광객의 시선으로 보는 마을 풍경은 그저 평안하고 특별한 일이 없는 평범한 일상이다.

내가 촬영한 사진에 담긴 두 존재도 저기 보이는 저 마을에서 저들과 함께 살았을 것이다. 무덤 앞에 있던 신사는 내 카메라 프레임 속에서 사라진 죽은 존재다.

카메라 프레임 속에서 이제는 죽음이 된 두 존재를 꺼내 본다.

수녀님의 말씀

친구 부부와 함께 체코 프라하에서 여행을 하고 있다. 우리는 스트라호프 수도원을 걸어서 3분이면 도착할 수 있는 위치에 숙소를 얻었고, 프라하에 있는 내내 이곳을 이용했다. 체류하는 동안 하루도 빠짐없이 새벽에 나가 수도원 주변에서 일출 사진을 찍었다. 스트라호프 수도원을 오고 간 지도 며칠이 되다 보니 어느새 주변 풍경에 익숙해졌다.

새벽의 가로등은 아직 자기 의무를 다하고 있고, 벤치가 산책로를 따라 질서 있게 늘어서 있다. 아무 생각 없이 주변을 둘러보던 내 시야에 저 멀리 가로등을 따라 혼자 걸어오는 수녀가 들어온다. 성당의 수녀들은 일반 가정생활을 포기하고 공동생활을 하며 정결, 청빈, 순명을 삶의 주제로 삼는다. 기도로 하나님을 섬기며 이웃에 봉사하는 삶을 살아가는 신앙인이다. 고개를 약간 숙인 채 잔잔한 걸음으로 소리 없이 걸어오는 수녀를 바라보고 있다. 내 시선은 그녀가 지나쳐 갈 때까지 흔들림 없이 고정되어 있다. 수녀가 조용히 사라지고 나자 그녀가 남기고 간 그림자가 내게 말을 건넨다.

"정결Cleanness하시기를 기도합니다."

첫 번째 메시지인 '정결'은 종교적 표현으로 '하나님 앞에서의 순결', '죄로부터의 단절'을 의미한다. 나는 이 의미를 '자유인'으로 받아들인다. 어느 대상 앞에서나 순결할 수 있고 단절할 수 있는 자가 진정한 자유인이 아닐까? 역설적으로 말하자면 자유인이어야 순결할 수 있고 진정한 용기를 가질 수 있으며, 불편한 관계로부터 스스로 단절할 수 있는 것이다.

"청빈Poverty하시기 바랍니다."

두 번째 메시지인 '청빈'을 나는 '문화인'으로 가져 온다. 종교적 언어로는 '성품이 깨끗하고 재물에 대한 욕심이 없어 가난함'이라고 풀이된다. 진실한 문화인은 선비 정신이 바탕에 자리잡아 성품이 곧고 올바를 때 비로소 세상의 온갖 유혹과 올바르지 못한 재물로부터 자유롭게 되는 것이다.

"순명Obedience하세요."

금낭화의 꽃말은 세 번째 메시지인 '순명'이다. '당신을 따르겠습니다'라는 꽃말을 갖고 있는 금낭화는 꽃의 모양이 아래를 향해 고개를 숙이고 있어 그렇게 붙여진 것으로 해석되고 있다. 금낭화에게서 겸손과 배려를 배운다. 겸손과 배려를 늘 곁에 두고 일상을 살아가는 사람, 그래서 그러한 삶이 본인과 그의 주변에 평화를 주는 존재, 그는 곧 '평화인'이다.

사실 여기에 인용한 '자유인, 문화인, 평화인'은 내가 졸업한 고등학교의 교훈이다. 학교 다닐 때는 전혀 느낌이 없었던 단어들이었는데 세월을 돌아보니 그동안 살아온 인생길에 가이드가 되어 주고 있었음에 스스로도 놀란다.

성당을 처음 접한 것은 고등학교 1학년 때다. 내가 졸업한 고등학교는 개교기념일 행사로 3일 동안 축제를 했다. 축제 규모와 내용이 웬만한 대학 못지않았고, 축제의 전통은 상당히 오래 전부터 계속되어 오고 있었다. 축제 때 만난 여학생과 함께 명동성당을 간 적이 있다. 미사 중 살포시 보였던 여학생의 흰색 미사포에 대한 기억이 지금도 강렬하게 남아 있다.

세월이 흘러 대학 졸업 후 회사에 입사하고 입사 동기들과 한 달에 한 번 정기모임을 가졌다. 입사한 지 얼마 안 된 신입사원들의 모임이라 술을 마시면서 자기 부서와 상사들을 서로 질세라 쉬지 않고 씹고 또 씹었다. 그런 왁자지껄한 회식 자리에 늘 다소곳이 앉아서 다른 사람들의 온갖 푸념과 넋두리를 듣고만 있던 여자 동기가 한 명 있었다. 그날은 송년모임을 겸한 정기모임이었다. 송년모임을 겸한 모임이어서 그런지 다른 때는 보이지 않던 동기들도 모두 참석하여 그야말로 시장통처럼 시끄러웠다. 45명의 입사 동기 중 그 여자 동기가 보이지 않아 나는 같은 부서에 근무하고 있는 동기에게 그녀의 안부를 물었다.

"너 몰랐니? 걔 수녀 한다면서 퇴사했어!"

그 자리에 있던 우리 모두는 동기 한 명이 퇴사한 것에 대해서 아무렇지 않게 여기며 평소의 모임처럼 마시고 웃고 떠들다가 헤어졌다. 나는 동기들과 헤어진 후 집에 오는 내내 그 여자 동기가 왜 수녀가 되었을까 생각해 보고 또 생각해 봤지만 이유를 알 수 없었다. 지금까지 잊고 살아왔는데 수녀가 된다며 퇴사했던 그 동기가 빛바랜 사진처럼 살포시 떠올랐다.

고등학교 다닐 때는 친구 3명만 같이 있으면 어디를 가든, 무엇을 하든 그 누구도 무섭지 않았다. 고3 야간자율학습 후 몇몇 친구들과 함께 학교를 나오면서 책가방을 옆에 끼고 가방 사이에 모자를 구겨넣었다. 학생화 구두 뒤축을 끌면서 내려오던 우리는 담배를 한 대씩 피우며, 이 세상 모두가 내 것인 양 뿌듯해했다. 어쩌다 사귀는 여학생이라도 있는 친구는 우리 모두에게 부러움을 받았고 우상이 되기도 했다. 그때 그 친구들은 어떻게 나이가 들어서 무엇을 하고 있을까?

입사한 지 1년도 되지 않아 회사를 그만두고 수녀가 된 그 여자 동기와 한 달에 한 번 만나 새벽까지 술을 마시며 세상을 원망하던 45명의 입사 동기들의 모습이 아련하다.

사람들은 나를 보고 웃지

　스페인을 여행하던 중 광장을 지나고 있을 때였다. 거리공연자로 보이는 광대 같은 남자가 조그마한 손수레에 인형을 앉힌 의자를 묶고 있었다. 이미 공연을 마쳤기에 어디론가 이동할 준비를 하는 듯했고, 나는 아무런 느낌 없이 촬영했다. 그 인형은 팔다리에 줄을 연결해 움직이게 하고, 대사를 넣는 인형극에 사용되는 것으로 보였다. 순간 고향 장날 장터에서 엿을 팔던 소녀의 눈이 떠올랐다. 그 소녀를 본 지가 대충 잡아도 50년은 지났다.

　5일마다 열리는 장날이 되면 동네는 아침부터 집집마다 장에 가기 위해서 부산을 떠는 소리로 시끄러워진다. 엄마는 기차역 앞에 열리는 장에 가서 먹거리를 사 온다. 역으로 올라가는 길 왼쪽에는 소를 팔고 사는 우시장이, 오른쪽에는 일반 장이 선다. 우시장에 나온 소들은 자기가 다른 집으로 팔려 갈 것을 이미 알고 있는 듯하다. 어떤 소는 눈물을 흘리며 큰소리로 울기도 한다. 소 울음소리에 서로의 말이 잘 들리지 않으니 사려는 사람과 팔려는 사람은 마치 싸우는 듯 큰소리로 흥정을 한다. 건너편 장터에서는 온갖 것들이 주인을 기다리고 있다. 들어가는 입구부터 장터는 사람들로 북적거린다.

나는 물건을 구경하면서 엄마를 놓치지 않기 위해 빠짝 긴장한 채로 따라다니고 있다. 엄마는 어떤 아주머니와 한참을 이야기하더니 어느 밥집으로 나를 데리고 들어간다. 입구에는 연탄불 화로가 있고 그 위에 커다란 양은솥에서 무언가가 끓고 있다. 솥에서 내뿜는 연기 때문에 밥집으로 들어가는 입구가 어디인지 분간을 못 할 정도다. 태어나서 처음 먹어 본 국밥이다. 국물이 달다. 그 안에 들어 있는 고기 맛이 찰지다. 안 씹은 것 같은데 목으로 잘도 넘어간다. 국밥 그릇 속으로 빨려 들어갈 것같이 순식간에 국물까지 다 먹었다. 이때 먹은 장터 국밥은 국민학교를 졸업하고 근처 중국집에서 짜장면을 먹어보기 전까진 내가 먹어 본 음식 중 최고로 맛있는 것이었다.

장터의 한쪽 구석에 사람들이 몰려 있다. 그들 한가운데에 덩치가 아주 큰 아저씨가 배 위에 돌을 올려놓고 여러 사람이 앉아도 될 법

한 긴 널빤지에 누워 있다. 한 아저씨가 망치를 들고 와서 누워 있는 사람의 배 위에 올려 있는 커다란 돌덩어리를 내리쳤다. 그 순간 누워 있는 아저씨는 기합을 넣었고, 배 위에 있던 돌이 두 쪽으로 갈라져 깨졌다. 사람들은 놀라면서 함성과 동시에 박수를 친다. 공연마당에 흩어진 깨진 돌과 장비를 정리하는 동안 모여 있는 사람들 사이로 조그마한 여자아이가 엿을 팔며 돌아다니고 있었다. 이후 몇 번의 차력 공연이 이어졌고, 사람이 더 많아지자 약을 팔기 시작했다. 엄마는 약을 파는 것까지 다 본 후에야 집에 가자고 했다. 여자아이의 키와 내 키가 비슷해서였을까. 우린 서로 눈이 마주쳤으나 이내 고개를 돌려 각자 다른 곳을 보았다.

내가 국민학교 2학년 때 고향에서 서울로 올라온 우리 식구는 면목동에서 살았다. 시골 장터 한 구석에는 공연을 하는 약장수가 있었다면 서울에는 서커스가 있었다. 서울임에도 TV가 있는 집은 많지 않았다. 새 학년이 시작되면 담임 선생님은 모든 학생에게 가정환경조사서를 보냈다. 그 조사서에는 부모님의 학력을 적는 난이 있고, 집에 TV, 피아노, 전화 등이 있는지 물어보는 항목이 있었다. 지금으로서는 상상도 할 수 없는 일이지만 육성회비와 조사서를 담임 선생님에게 제출해야 했고, 이를 내지 않은 사람은 낼 때까지 시달려야 했다. 그 정도로 TV는 재산 가운데 가장 비싼 물건 중의 하나였다. TV가 귀하던 시절의 서커스는 모두가 좋아하는 최고의 구경거리였다.

동네에 서커스가 들어와서 공연날이 잡히면 며칠 전부터 지프차나 조그만 트럭이 온 동네를 돌아다니며 스피커를 크게 틀어놓고 홍보를 한다. 서커스 구경을 가기로 한 저녁엔 매일 늦게 들어오는 아버지도 일찍 들어오고 엄마는 저녁을 서둘러 준비한다. 저녁을 먹은 후 가족이 모이는 날은 서커스 구경하는 날과 학교 졸업식 날뿐이었다. 동네에 들어온 서커스는 같은 장소에서 한참을 공연했다. 처음에는 구경하는 사람이 많았지만 날이 갈수록 돈을 내고 보는 사람은 줄어들었다.

나와 내 친구는 서커스 공연장 천막 주변을 왔다 갔다 하며 개구멍을 찾았다. 그러다가 우리가 몰래 숨어서 기어들어갈 만한 곳을 찾았고, 서로 눈짓을 보내며 이곳으로 들어가자고 합의했다. 친구가 먼저 들어간 후 조금 기다렸다가 그때까지 안에서 아무런 소리가 없으면 공짜 서커스 보기에 성공한 것이다.

얼마간 기다린 후 내가 들어간다. 머리를 밀고 들어가서 고개를 들고 구부린 채 앞을 보는데 멀지 않은 곳에 있는 여자아이가 나무

박스 위에 앉아서 나를 보고 있었다. 그 아이는 공연 때 한 아저씨와 함께 나무통을 발로 돌리던 아이였다. 나는 창피한 생각이 들어 벌떡 일어나 친구가 갔을 것 같은 곳으로 뛰었다. 친구는 이후에 또 서커스를 공짜로 보자고 했지만 난 그 이후로 다신 개구멍을 찾지 않았다. 며칠이 지난 후 서커스 공연장을 다시 가보았더니 그곳에 있던 커다란 텐트는 보이지 않았고, 그 전처럼 공터만 휑하니 있었다.

글을 쓰면서 사진 속 인형을 본다. 사진 속 인형의 눈에서 다시 두 소녀가 잠시 보이더니 이내 아지랑이 속으로 새처럼 날아간다.

선생과 제자의 일본 교토여행

　일본 교토의 8월 한낮은 섭씨 40도를 넘나드는 거의 살인적 폭염이었다. 선생님과 사모님 그리고 우리 부부는 4박5일 여행을 함께 하고 있었다. 교토에 사는 지인이 독일로 공부하러 가서 집이 비어 있어 한 달 정도 교토 여행을 할 거라는 선생님의 계획을 듣고 우리 부부도 함께 하기로 한 것이다. 두 분과는 전에도 제주 여행을 같이 한 적이 있어서 그런지 서로 큰 부담이 되지 않았다.

　파주에서 13년을 살다 서울로 이사 나온 지 얼마 되지 않아 선생님 내외를 모시고 마포 음식점에서 술과 함께 저녁을 먹었다. 이런저런 대화를 하던 중 여행을 함께 하자는 우리의 제안에 선생님은 흔쾌히 받아주었다. 지금 생각해 보면 생각 없이 여행 동참을 제의

한 내가 철없기도 했다. 교토에 있는 집이 선생님의 집도 아니고 오랜만에 사모님과 둘만의 오붓한 해외여행에 주책없이 끼워 달라 했으니 말이다.

고등학교 때부터 드물게 사진을 찍어온 나는 제대로 사진을 배워보고 싶었다. 어떤 분야건 배우고자 하는 선생님의 선택은 매우 중요하다는 것이 평소 내 지론이다. 왜냐하면 선택한 그 분을 나도 모르게 닮아가고 따라간다는 것을 알기 때문이다.

회사 업무를 보면서 시간 날 때마다 인터넷으로 6개월 정도를 찾았다. 그래서 우리 부부는 지금의 선생님 강의를 듣게 되었고, 제자가 되었다. 2009년에 인연이 되었으니 벌써 12년이 흘렀다.

교토에 도착한 첫날, 열흘 먼저 가 있던 선생님 내외는 우리가 오기 전에 매일 사케를 마셨다고 했다. 우리 오면 같이 마시려고 사두었다면서 선생님은 여러 종류의 사케를 꺼내 놓았다. 그 중 한 병에 대해 "얘는 내가 먹어 본 사케 중 제일이었다"고 하면서 유독 설명이 길었다. 병의 크기는 소주병 4홉 정도였고, 겉에 아무런 상표도 붙어 있지 않은 알몸뚱이 그대로였다. 동네 양조장에서 하루에 몇 병만 만드는 사케였다.

선생님은 어느 사케부터 마시겠냐며 선택권을 주었다. 난 먹을 게 많을 경우 제일 맛있는 것부터 먹는다. 아무런 망설임 없이 무명의 그 친구를 택했다. 7년 전이니 그동안 일본 여행도 수차례 했고 사케도 마실 만큼 마셔 보았지만 아직도 그 친구를 잊지 못하고 있다. 그날 이후 지금도 일본에 갈 때마다 사케를 마시지만 기억하고 있는 그런 맛은 아직까지 만나 보지 못했다. 마치 한 번 사랑을 주고 떠난 여인처럼 그 친구는 사라졌다.

교토 료안지의 석정은 뜨거웠다. 1975년 영국 엘리자베스 여왕이 극찬하면서 세계적으로 알려진 료안지의 석정을 보기 위해 살인적 폭염에도 관광객은 많았다. 섬나라 사람들은 서로가 통하는 것이 있나! 난 도무지 뭐가 아름다운 건지 한참을 봐도 이해가 되지 않았다. 그늘에서 쉬고 싶을 뿐이었다. 그런 생각을 눈치챘는지 석정만을 쳐다보던 선생님은 시선을 접고 우리를 정원 옆 회랑으로 안내했다. 그곳은 그늘이 있고 시원한 바람이 솔솔 불어오는 천국과도 같은 곳이었다. 회랑에 누워 잠시 쉰다는 것이 그만 잠이 들고 말았다.

얼마나 시간이 흘렀는지는 중요하지 않다. 눈은 떠졌으나 일어나지 않은 채 선생님 쪽을 보니 선생님은 피곤에 지쳐 보이는 자세로 일정표와 지도를 보고 있었다. 쉬지 못한 선생님의 구부러진 어깨는 힘없이 앞으로 숙여져 있었고, 피곤에 지친 눈은 일정표와 지도를 겹쳐 놓고 보고 있었다. 손에는 볼펜이 들려 있고, 지도를 보면서 무언가를 집중해서 확인하고 있었다. 나는 선생님에게 방해가 되지 않게 조심스럽게 카메라를 잡고 촬영을 했다.

그날 저녁 변함없이 사케와 함께 식사를 했다. 사모님은 선생님이 우리가 오기 전에 4박5일 동안 같이 다닐 여행지 모두를 사전답사 했다고 말했다. 더위를 무릅쓰고 미리 답사까지 다녀왔기에 나보다 훨씬 더 피곤했을 텐데 선생님은 가는 곳마다 그 장소의 의미와 역사에 대하여 가이드처럼 설명해 주었다. 선생님과 함께 한 여행 일정은 이후에 그곳에 관심 있어 하는 지인들에게 소개를 해주었다. 다녀온 지인들 모두가 좋은 여행지였다며 감사 인사를 전했다.

얼마 전 선생님으로부터 한 통의 전화가 왔다.

"내가 책을 출간하는데 그때 엄 대표가 찍은 사진을 저자 소개에 실을려고 합니다. 괜찮겠어요?"

내 의사를 물어보는 내용이었다. 선생님은 나보다 더 그때의 여행을 기억하고 있었다. 그 책은 『심미안 수업』이라는 이름으로 출판되었고, 내가 찍은 사진은 영광스럽게도 저자 소개 사진으로 실렸다.

나홀로 나무

　중학교 동창 부부와 우리 부부는 프라하에 이어 뉴질랜드도 함께 여행하고 있다. 이 친구와는 중학교 3학년 때 같은 반으로 인연이 되었으니 대략 45년지기다. 고등학교 1학년 가을로 기억된다. 그 당시 덕수상업고등학교에 입학한 친구가 학교 밴드부 활동을 하고 있었다. 나는 같이 가지는 못했지만 친하게 지냈던 중학교 동창 몇 명이 덕수상고 축제에 다녀왔다. 그 당시 오랜 전통이 있는 고등학교는 개교기념일에 맞추어 축제를 제법 성대하게 했다.

　덕수상고 축제에 다녀온 후 각기 다른 고등학교에 진학한 중학교 동창 8명이 모여 우정을 지키자며 의기투합하여 모임을 만들었다. 11월에 모임이 만들어졌으니 모임명을 11월의 보석인 '토우패즈'로 짓자고 의견이 모아졌다. '토우패즈'의 이름을 형상화해서 금속 배지도 만들었다. 멤버 8명은 회동을 할 때마다 배지를 왼쪽에 의무적으로 꽂고 나와야 했다. '자아실현'이라는 토우패즈 이념을 만들고 세부 실천 강령도 세웠다.

중학교 선생님과 고등학교 선생님 몇 분을 고문으로, 대학생인 친척 몇 명을 멘토로 모셨다. 그 외 멤버의 지인 30여 명이 시, 수필, 일기, 편지, 기행문 등 70여 편의 글을 모아 '탈'이라는 제목을 붙여 1년 만에 문집을 완성했다. 그때 만든 문집 한 권이 내 책상 앞 책꽂이에서 나를 보고 있다. 고등학교 2학년 때 문집을 내고 3학년이 되면서 우리는 대학입시 공부에 전념하여 대학 입학 후에 다시 만나기로 하고 모임을 잠정 해산했다.

8명의 친구는 문집 제작을 핑계로 친구네 집들을 순회하며 꽤 많은 주말 밤을 같이 보냈다. 밤늦게까지 술을 마시며 세상을 원망하기도 했고, 철학 토론을 하면서 서로의 존재감을 과시하기도 했다. 그때 우리는 함께 있는 것만으로도 세상 그 무엇도 두렵지 않았고, 밥을 먹지 않아도 배고픈 줄 몰랐다. 함께하는 시간은 늘 부족했고, 헤어질 때는 서로가 아쉬워했다.

프라하에 이어 뉴질랜드를 함께 여행하고 있는 친구가 그때 함께

한 8명 중의 한 명이다. 성격이 꼼꼼한 친구 덕에 나는 여행 일정 내내 신경 쓸 일 없이 따라만 다니며 즐기고 있다.

뉴질랜드 남섬의 퀸스타운을 여행하던 어느 날 우리는 일정을 조금 일찍 마무리하고 잠시 휴식 후 산책 겸 와나카 호수로 향했다. '나홀로 나무'라 불리는 '와나카 트리'를 보러 가기 위해서다. 여행을 떠나기 전 친구는 뉴질랜드 여행의 콘셉트를 '자연을 느끼러 간다'라고 정하고, 이에 대해 설명한 적이 있다. 정리된 사고와 행동에 의미를 정의하는 친구의 모습을 보고 고등학교 때와 별다르지 않다는 생각이 들었다.

청정 자연환경을 관광자원으로 하는 뉴질랜드의 오염되지 않은 풍경은 여행 내내 경이로움을 넘어 신비감까지 주고 있다. 태양은 마지막 호흡을 잔잔히 물결치는 호수에 서러운 빛으로 토해내며 서서히 수면 밑으로 사라지고 있다. 그 모든 주변을 배경 삼아 혼연히 자태를 드리우며 호수 한가운데서 나무 한 그루가 자라고 있다. 그는 깊이를 알 수 없는 냉랭한 호수 바닥에 생명의 뿌리를 내려 호흡하고 그곳에서 영양분을 공급받아 생존하고 있었다. 나무가 생존하기엔 이런 악조건도 없을 것이다. 설상가상으로 산을 타고 내려오는 얼음처럼 차가운 바람도 견뎌 내고 있다. 그 정도는 모진 것도 아니라는 듯이 삶에 지쳐 쓰러진 한쪽 어깨는 얼음물같이 차가운 호수에 걸쳐 있다. 호수 입장에서 보면 그 나무는 완전한 이방인이다. 나무는 불어오는 바람에 홀로 몸을 맡기고 출렁이는 물결을 따라 흔들리며 숨죽인 채로 흐느끼며 살고 있는 것이다.

사람은 엄마의 탯줄에서 떨어져 나가는 순간부터 고독한 존재가 된다. 성장하여 스스로 사고할 능력과 대상을 지각할 수 있는 감각이 생긴 후부터 우리는 고독을 느끼게 되는 것 같다. 고독을 느끼는 순간엔 스스로에게 진실한 마음으로 다가가고 있음을 깨닫게 된다. 그럴 때 비로소 나와의 대화가 시작된다.

고등학교 때 '토우패즈'로 함께한 동창들의 그때 모습이 어렴풋이 떠오른다. 그 당시 우린 영원히 함께하기로 약속했다. 그렇게 되기 위해서는 새로운 인생의 출발점이 되는 결혼이 중요하다면서 우리 중 한 명이라도 반대하면 그 결혼은 하지 않겠다는 약속도 했다. 지금 생각해보면 황당하기 이를 데 없는 약속이었지만 당시에는 우리 우정을 영원히 지키기 위해서 그 정도 약속은 전혀 이상한 것이 아니었다.

몇몇 친구들은 지금도 가끔 만나고 있어 근황을 알고 있지만, 만나고 있지 않은 나머지 친구들이 궁금하다. 저녁노을을 배경으로 적당한 거리를 두고 바라본 와나카의 '나홀로 나무'는 황홀함을 넘어 찬란하기까지 하다. 그의 아우라는 '고독'이라는 메시지를 호수 밖으로 던진다. 그가 전해 주는 메시지는 의역되어 '당당한 존재', '성스러운 존재'로 다가오고 있다. 나는 석양에 기대어 의연한 자태를 보여 주고 있는 '나홀로 나무'를 보며 '토우패즈' 멤버들의 안부를 묻는다.

오던 길을 뒤돌아보니 와나카 호수엔 변함없이 '와나카 트리'가 그 자리에 그대로 서 있다. 떠나면 다시 오지 않을 무정한 시간여행자인 나를 향해 그는 물에 걸친 시린 한쪽 팔을 힘겹게 흔들며 작별인사를 전한다.

'내가 늘 옆에 있을 거야. 인생살이 너무 걱정하지 말고 살아. 잘 가!'

염원

이른 봄날에는 집안보다는 집 밖이 더 따뜻한 날이 있다. 어느 날인가 아파트 입구 모퉁이에서 그늘 속의 잔설을 본 적이 있다. 그 잔설은 배경이 되는 검은 땅과 대조되어 선명했다. 흑과 백만이 보여주는 빛의 시선은 날카롭다.

내가 다닌 몇몇 여행지의 느낌은 아직 녹지 않고 버티고 있는 잔설같이 흐릿하지만 강렬한 몸짓으로 남아 있다. 그동안 다녀온 여행지는 내가 가고 싶어서 찾아간 곳이기도 하지만 일상이 무료해지거나 지루해졌을 때, 현실에서 벗어나 제3의 다른 곳으로 탈출하고 싶을 때, 내가 쌓은 경계를 스스로 무너뜨리고 싶을 때, 내가 나를 힘겨워할 때마다 나를 품어 준 고마운 피난처였다.

사람은 시간 속에서 살고 있기에 '시간여행자'라고 표현하기도 한다. 여행은 여행지의 평범한 일상을 접하고 낯선 사람들의 하루를 함께 체험하며 시공간을 공유하게 해 준다. 그러한 경험은 인간의 다양한 단면을 보고 느끼게 하고, 삶의 변곡점 역할을 하기도 한다.

삶 자체가 여행이라고 하지 않는가! 아기들은 자라면서 천 번을 넘어진 후에야 두 발로 걷는다. 걷는 순간부터 인간은 여행을 하는 것이다. 지금까지 걸어온 여행길이 출발지에서 보면 그래도 꽤 멀리 온 것 같다. 혼자였던 나에게 아내가 생겼고, 두 자식이 생기더니 이젠 그 자식들에게서 또 자식이 둘이나 생겼다. 살아온 세월이 짧지 않은 만큼 꽤 여러 곳을 여행했다. 그렇게 긴 세월을 여행하다 보니 빈손으로 태어났는데 얻은 것이 참 많다. 지금까지 채워만 왔으니 이제부터는 내려놓아야 하는 때인 것 같다.

돌이켜 보니 세계의 일부분을 여행하면서 내 기억에 상처를 낸 강렬한 흔적은 오히려 단순하다. 언어도 아니고 소리도 아니었다. 그것은 몸짓이었고 시선이었고 이미지였다. 이들은 마치 종이에 베인 상처의 쓰라림처럼 처음엔 대수롭지 않았을 아픔이 예리하게 신경을 건드리고 있다.

일상을 떠나야지만 비로소 보이는 것들이 있다. 낯선 여행지에서 본 인간의 삶은 나와 크게 다르지 않았다. 서로가 기대고 의지하며 살고 있었고, 서로에게 위로를 주고받으며 그렇게 살고 있었다. 우리는 살아가는 동안 서로의 위로가 필요하다. 여행지에서 보고 느낀 모든 것을 압축하고 압축하여 또 몇 번을 거르고 여과하니 '염원'이라는 단어가 남겨졌다.

나는 스스로에게 '너의 염원은 무엇이냐'고 묻는다. 나는 무엇을 간절히 바라고 원하는가. 삶의 현장을 잠시나마 떠났던 여행지에서 차분하되 식지 않는 열정을, 그리고 재촉하지 않는 기다림을 가져왔다. 마음을 비우고 욕심을 버리려 했던 여행지에서 돌아와서 보니 담아온 것이 버린 것보다 더 많았다는 것이다.

나의 염원은 비어 가는 행복이다.

제3부

집으로 가는 길

끝과 시작

계절이 바뀌고 있다. 출근하기 위해서 매일 비슷한 시간대에 지하철역을 향해서 아파트 내리막길을 걸어 내려가고 있다. 요 며칠 가을을 작별하는 비가 차갑게 내렸다. 11월 중순으로 들어가면서 거리의 가로수들은 버거운 삶을 떨쳐내듯이 그들의 어깨 위에 붙어 있는 낙엽을 점점 더 많이 공중으로 흩뿌리고 있다. 비가 묻어 있는 차가운 가을바람이 밑에서 위로 불어온다. 순간 냉기를 느낀 나는 들고 있던 우산을 팔에 끼우고 내려가던 발걸음을 멈추어 선 채 외투의 지퍼를 채워 올린다. 늘 불어오는 바람이고 수없이 겪어온 계절이지만 유독 지금 불어오는 차가운 바람에서 시간이 빠르게 가고 있음이 느껴진다.

집으로 가는 길

올해는 내가 태어난 해가 다시 돌아오는 회갑이다. 태어난 해에 시작하여 육십갑자의 갑으로 되돌아왔으니 끝이 아니고 이제 다시 시작인 것이다. 지금까지 내가 살아온 인생은 끝과 시작, 그리고 시작과 끝의 연속이었다. 끝점은 새로운 시작점이 되기에 시작은 끝과 맞물려 있다.

회사가 이사한 후로 지하철로 출퇴근을 하고 있다. 내가 타는 전철은 1호선이지만 업무를 보러 가기 위해서 2호선을 탈 때가 있다. 순환선인 2호선은 내선과 외선으로만 구분될 뿐이지 정해진 원을 돌며 운행한다. 어느 날 업무차 2호선을 타고 한강을 건너고 있을 때였다. 정거장에서 문이 열리면 전철에 타는 사람과 내리는 사람이 있다. 지하철에는 남녀노소가 섞여 있다. 지금 이 전철에 타고 있는 사람들 모두는 저마다 내릴 목적지가 있다. 각자가 내려야 할 목적지는 자기만 알고 있다. 정거장에 내리기 전까지는 전철에 타고 있는 모두는 과거도 아니고 미래도 아닌 현재를 같이 살아가는 운명공동체인 셈이다. 사람들은 각자 할 일을 하면서 순환하는 전철을 타고 여행한다. 휴대폰을 보는 사람도 있고, 전화통화를 하는 사람도 있고, 옆 사람과 대화를 하며 가는 사람, 어디에 시선을 두어야 할지 몰라 멍하게 있는 사람, 자거나 조는 사람도 있다. 그러다가 내려야 될 정거장에 도착하면 내린 후 어디론가 간다.

순환선이 도는 정거장을 삶의 궤도로 가정해 본다. 전철에 타는 것은 사람이 태어나는 것으로, 전철에서 내리기 전까지 하고 있는 행동은 살아가는 삶의 형태로, 정거장에 내리는 것은 생을 마감하는 것으로 가정한다. 우리 모두는 언젠가는 내려야 될 정거장이 있는 것이다. 누가 더 오래가고 빨리 내리느냐의 문제일 뿐이다. 변하지 않는 진리는 지금 내가 타고 가는 이 전철 안에 있는 사람 모두는 반드시 내려야 될 정거장이 있고, 내려야 할 인생의 정거장이 점점 가까워지고 있다는 것이다.

사람의 존재감에 대해서 생각해 본다. 인간은 지구의 모든 생물체와 마찬가지로 탄생을 거쳐 주어진 수명을 살다가 사라지는 한 개체에 불과하다. 인간은 지구상의 모든 포유류 중 스스로 생존할 수 있기까지 시간이 제일 많이 걸린다. 성장한 이후에도 사람은 혼자 살아갈 수 없는 존재이다. 잊혀 가고 있는 과거의 생활용품 중 지게와 작대기가 떠오른다. 작대기는 지게를 받치는 존재이고, 지게는 작대기가 있어야 제 기능을 한다. 사람은 자기의 역할을 할 수 있을 때 비로소 존재감이 생기고, 본연의 모습이 된다. 한자 '사람 인人'은 지게와 작대기를 설명하고 있는 듯하다. 우리 선조들은 사람이 혼자 살아갈 수 없는 존재임을 글자를 통해 알려주고 있다. 또한 존재감 있는 현명한 삶을 꾸려가기 위한 힌트도 그 안에 담겨 있다.

지금 나를 알고 있는 사람들에게 내 존재는 어떻게 받아들여지고, 어떤 의미로 기억되고 있을까? 나 자신에게 자문하고 귀 기울여 보지만 답이 오지 않는다. 잠시 생각해 보니 이 질문에 대한 답을 나에게 묻는 것이 참 어리석다는 것을 깨닫는다. 우리는 만나고 헤어질 때 똑같은 언어로 말한다. 만나면 "안녕!"이라 하고 헤어질 때도 "안녕!" 하고 말한다. 우리말의 '안녕'처럼 끝과 시작은 맞물려 돌아가며 순환하는 것이다. 헤어질 때와 만날 때 하는 인사말이 같은 것처럼, 나를 만나는 사람들에게 '나'라는 존재의 끝과 시작이 같게 느껴졌으면 한다. 나를 기억하는 사람들이 나에 대해서 말할 때 "그 사람은 한결같은 사람이었어. 사람처럼 살다 갔지!"라는 말이 나올 수 있는 그런 인생 여행을 하다가 내릴 역에 다다르면 내리고 싶다. 그들이 나와 같이 있던 장소를 지날 때 좋은 기억으로 회자되기를, 같이 했던 추억이 생각날 때 즐거웠다는 기억이 떠오르기를, 우연히 나의 흔적을 발견했을 때 상대방에게 상처로 이어지지 않기를 염원한다.

그리움을 찾아서

　　하루의 피로를 삭히기 위해 잠을 잔다. 잠에서 깨면 심장이 살아 있고 눈이 떠지기에 우리는 또 새로운 하루를 시작한다. 하루 일상을 돌이켜보면 수없이 많은 단어를 사용하여 대화를 했고, 문자를 보냈고, 글을 읽었다. 하루 동안 사용한 단어들은 문장이 되어 머릿속에, 컴퓨터에, 스마트폰 속 문자함에 남는다. 성장할수록, 배워갈수록, 만나는 사람이 많아질수록, 사회생활의 폭과 깊이가 다양해지고 깊어질수록 많은 단어를 사용하게 된다. 사용한 단어는 기억의 잔상으로 남아 있다가 흐르는 세월 따라 나도 모르는 사이에 이슬처럼 사라진다. 그나마 남아 있는 잔 기억도 서서히 잊혀 가고 있다.

　　지금 경영하고 있는 사업체를 인수한 지 얼마 되지 않았을 때다.

퇴근 무렵 의례적인 행동처럼 회사 앞에서 담배를 피웠다. 하루의 업무를 마감하면서 그날의 스트레스를 연기로 뿜어냈다. 어느 날 내 앞에 전날까지도 없던 '실용음악학원'이라는 간판이 보였고 나는 그 학원으로 들어갔다. 원장은 면담 후 색소폰을 권했다. 그렇게 시작한 악기 연주가 10년을 훌쩍 넘기고 있다. 전문가가 들으면 형편없는 소리겠지만 나는 전공을 하지도 않았고 연주가 생업이 아니니 다른 사람의 평가는 중요치 않다. 내 몸의 호흡으로부터 흘러나오는 악기 소리에 잊고 있던 그리움을 찾고 느낄 수 있다면 그것으로 만족한다. 가끔 연주하다가 가슴이 멍해지고 눈가에 눈물이 맺히는 경험을 한다. 잔상으로 남아 있는 어떤 그리움이 소리를 타고 나와 내 몸을 휘감고 돌면서 가슴을 울릴 때 살아 있음을 느낀다.

양희은의 '하얀 목련'을 연주할 때면 대학교 1학년 때 담을 넘으면서 보았던 하얀 목련이 떠오른다. 봄에 피는 꽃 중에서 나는 하얀 목련꽃이 제일 좋다. 세상이 정한 목련의 꽃말은 나와는 아무 관계가 없으니 내 마음대로 '그리움'이라는 꽃말을 만든다.

대학교 친구들과 늦게까지 술을 마시고 집으로 돌아와 대문 앞에 서서 망설이고 있었다. 초인종을 누르면 자고 있을 아버지와 어머니가 깨어날 것이고, 그렇다고 큰소리로 동생들을 부르자니 그것도 마찬가지일 것 같아서 고민하다가 담을 넘기로 작정했다. 당시 주택 담장 위에는 도둑을 예방하기 위해 끝이 날카로운 쇠창살을 시멘트로 박아 놓았다. 담을 넘기 위해서는 쇠창살을 한 손으로 잡고 그것에 의지하여 힘을 주고 몸을 넘겨야 한다. 한쪽 발은 힘을 주어도 미끄러지지 않게 단단히 고정되어 있어야 한다. 손과 다리가 자기 몫을 제대로 못할 경우에는 다리에 치명적인 상처를 입을 수도 있기 때문이다.

여러 번 넘어 봤기에 그날도 담을 넘어 집에 들어갈 작정을 했고 나는 이미 담 위에 올라와 있다. 이제는 목표점을 찾으면 된다. 그러는 중 앞에 눈부신 광채가 있어 쳐다보니 봄날 저녁 바람에 아직 활짝 피지 않은 하얀 목련꽃이 달을 향해 미소 짓고 있었다. 나는 그들의 사랑을 훔쳐 보았다. 한참 후에야 다리 근육에 진통이 느껴졌다. 담 위의 쇠창살을 양다리 사이에 두고 있었던 것을 그제서야 깨닫고 담을 넘었다.

누군가 나에게 '너를 지배하는 키워드가 뭐냐'고 묻는다면 나는 조금도 망설이지 않고 '그리움'이라고 말할 수 있다. 내가 연주하는 악기 소리에, 그리고 찍은 사진에 나는 그리움을 담고 싶다.

사진촬영한 대상들은 모두 무심코 지나가다 스쳐간 존재들이다.

그들의 모습을 통해 살아오면서 놓쳐버린 아리고 저린 잔상들을 끌어내고자 노력했다. 그리움은 나를 여행으로 이끌었고, 낯선 시선을 통해 되살아난 기억의 잔상들을 사진으로 담았다. 그리고 지금, 다시 돌아온 이곳도 그 무엇에 대한 그리움 속이다. 나는 여기서 그리움을 품고 살다가 다시 떠날 것이다. 그렇게 자꾸 어딘가에 남겨진 그리움을 찾아 또 떠날 것이다.

돌담 위의 코스모스

경주의 한 지역 명소를 여행하고 있다. 이곳은 영국 찰스 왕세자가 방문하여 더 알려졌으며 2010년에 유네스코 세계문화유산으로 지정되었다. 100여 년 이상 된 기와집과 수십 채의 초가집이 잘 보존되어 있다. 현재도 사람이 살고 있어 옛 고향의 숨결이 느껴진다. 우리의 옛 모습을 볼 수 있다는 곳 여러 군데를 가 보았지만 대부분 인위적으로 조성하여 인스턴트 음식을 먹는 것같이 별다른 감흥을 느낄 수 없었다.

내가 어렸을 적만 해도 동네 집들의 담은 대부분 흙에 짚과 돌을 넣고 다져서 쌓은 담이었다. 하지만 지금은 어디를 가도 만나기 어렵다. 여름엔 비로, 겨울엔 눈으로 시달린 담을 계절이 바뀌면 보수를 해야 다음 정비할 때까지 견딜 수 있다. 불과 몇 십 년 전만 해도 시골에서는 일 년에 한두 번 집에서 치르는 큰 행사가 있었다.

첫 번째 연중행사는 초가집 지붕갈이다. 가을 추수가 끝나고 겨울이 오기 전에 추수한 볏짚을 엮어 1년 동안 버텨온 지붕을 교체하는 것이다. 가을에 새로 지붕갈이를 해주어야 겨울에 눈을 견디고 남은 힘으로 다시 새 가을이 오기 전까지 버티기 때문이다. 품앗이로 동네 남자 어른들이 돌아가며 집집마다 지붕갈이를 해준다. 이런 날은 잔치날 같다. 엄마는 돼지고기를 삶고 나는 막걸리를 받아온다. 나도 동생도 고기를 마음껏 먹을 수 있는 날이다.

겨울에 눈이 온 후 어쩌다 따뜻한 날이 오면 쌓인 눈이 어느 정도 녹아내리면 지붕갈이를 한 집과 하지 않은 집이 확연히 드러난다. 지붕갈이를 하지 않은 지붕은 볏짚이 거의 까맣게 삭아 있어 지붕에 남아 있는 흰 눈과 대비되어 훨씬 을씨년스럽게 보인다. 그런 집은 가난하거나, 아버지가 없거나, 있어도 없는 것 같은 그런 집이 대부분이다.

두 번째는 담 보수공사다. 여름 홍수가 끝나거나 겨울 눈이 멈출 때쯤 봄 농사철이 시작되기 전에 한다. 하지만 담 보수를 매년 했던 집은 드물었던 것 같다.

어린 시절 우리 집을 비롯한 동네 집들은 대부분 전기가 들어오지 않았다. 마을에서 라디오가 있는 집은 이장 아저씨네 집이 유일했다. 우리 집에는 불에 그을린 흰 등잔이 있었다. 그 등잔은 방 깊숙한 안쪽에 사각으로 된 커다란 성냥통과 짝을 이루며 늘 그 자리에 고고히 서 있었다. 기름에 담겨 있는 심지에 성냥불을 댕기는 것과 끄는 것은 집안 최고의 권력자가 갖고 있는 권한이다. 그 권력자가 불을 끄면 소리 없이 모두 자야 한다. 등잔불을 밝히는 기름값을 아껴야 하기에 그렇다.

저녁밥을 먹은 후 엄마가 부엌에서 설거지를 마친 후 방에 들어오면 아버지는 불을 껐다. 그러면 우리는 자야만 한다. 학교 숙제를 했는지 안 했는지 물어보는 사람도 없다. 저녁때 가끔 엄마를 따라 부잣집으로 마실 갈 때가 있다. 부잣집을 가면 우리 집과 가장 큰 차이점은 방안에 켜져 있는 불빛의 밝기다. 우리 집 등잔의 불빛은 약하고 조그마해서 불이 밝지 않다. 방에 들어올 때 방문을 빨리 닫아야 되는 것을 깜빡해서 문을 늦게 닫는 바람에 등잔불이 꺼지기라도 하면 아까운 성냥을 다시 켜서 불을 붙여야 한다. 이때 권력자로부터 잔소리만 들었다면 그날은 권력자의 기분이 엄청 좋은 날이다.

부잣집에 가면 사기로 만든 조그마한 등잔 대신 호롱이 있다. 호롱불은 석유에 담겨 있는 심지에서 나오는 불빛이기에 기름으로 밝히는 등잔불과 비교가 되지 않게 밝다. 나오는 불빛도 훨씬 밝을 뿐만 아니라 유리가 심지를 둘러싸고 있어 바람이 불어와도 불이 꺼지지 않는다. 방에 들어올 때 방문을 재빨리 닫지 않아서 혼나는 일도 없다. 호롱불을 켜놓고 사는 집은 동네에 몇 집 되지 않았다.

내가 자란 고향은 지금은 몰라볼 정도로 많이 변했다. 동네에 한두 집을 빼고 모두가 초가집이었는데 오래 전엔 양철집으로 바뀌더니 지금은 도심 외곽의 집들과 비슷하게 콘크리트 건축물로 변해 있다. 골목길에 있었던 그 흔한 돌담들은 한번 쌓아올리면 몇 년을 가도 손볼 필요가 없는 시멘트 담으로 바뀌었다. 고향의 정취는 점점 없어지고 풍경은 이미 낯설다. 엄마가 빨래를 하던 학교 앞 개울은 복개공사로 보이지 않게 된 지 오래다.

학교 앞 개울에서 엄마가 빨래하는 사이에 나는 고동을 잡았다. 겨울을 제외하고 매일 작은 다리 밑에서 고동을 잡아 반찬으로 해먹었다. 그때는 바위만 들어 올리면 까만 고동이 언제나 가득했고 금방 잡을 수 있었기에 고동을 잡는 것은 늘 내 일이었다.

엄마는 내가 잡은 고동으로 된장찌개를 끓인 후 고동만 건져내어 소쿠리에 담는다. 고동을 담는 소리가 들리면 툇마루에 엎드려 숙제하던 것을 그만두고 반사적으로 몸을 일으킨다. 깜보 친구 집 방향으로 조금만 걸어가면 보이는 탱자나무 울타리로 가서 가시 줄기를 한 줄 꺾어 온다. 엄마가 저녁밥을 하는 사이 동생과 나는 소쿠리에서 건져낸 고동을 탱자나무 가시로 빼내어 먹는다. 지금 그 작은 다리 밑에는 이름 모를 풀이 가득해서 물도 보이지 않는다.

경주 전통마을을 돌아다니고 있다. 돌담길로 둘러싸인 초가집 앞마당은 비어 있다. 한참을 보고 있으니 나무 부엌문이 열리는 소리가 들린다. 설거지를 마친 물을 마당에 버리는 엄마의 힘겨운 모습이 보인다. 엄마가 버린 물은 그냥 물이 아니다. 자식은 돌보지 않고 자신만 즐길 줄 아는 남편에 대한 불만과 그런 남편을 대신해서 자식들을 온전히 책임지며 살아가고 있는 고단함을 아무도 없는 마당에다가 소리 없는 아우성으로 흩뿌리고 있는 것이다.

돌담에 서서 초가집 마당 안 어머니가 보인다. 세월에 무너지고 헝클어진 인생 돌담 주위에 핀 코스모스가 손을 흔든다. 어젯밤 달빛에게 자신의 꽃잎을 몇 장 떼어준 듯한 코스모스와 나는 마주보고 있을 뿐이다.

언제쯤 도착허냐

아파트 입구를 나오는데 어머니에게서 전화가 온다. 본가에 도착하기 전까지 어머니는 분명 두어 번 더 전화를 할 것이다. 본가에 다 와가자 이제 내려오시면 된다고 전화를 하려 하는데 횡단보도 옆에 이미 나와 있는 두 분이 보인다. 부모님이 갖고 내려온 보따리를 차에 실으면서 열어 보니 낫과 편의점에서 산 듯한 소주와 포들이 들어 있다. 어머니는 아버지가 어제 저녁에 낫을 갈아 놓았고, 시골에 가는 게 좋아서 그런지 오늘은 다른 날보다 더 일찍 일어났다고 했다.

"할머니 쌀강아지들 잘 있지? 회사는 잘 되고?"

어머니는 차 앞자리에 타자마자 본인이 궁금한 것을 쉬지 않고 말하는데 뒷자리의 아버지는 아무 말이 없다. 어머니 얼굴이 어느 때보다 밝고 기운차다. 손가락에는 평소보다 더 많은 금반지와 보석반지들이 끼어져 있고 팔목에는 평상시에는 잘하지 않는 금팔찌도 했다. 자세히 보니 머리는 파마에 염색도 했다. 서해대교를 건넌다.

"이제 이 다리 건너면 많이 온겨! 새로운 열차가 생겼다고 부산까지 열차도 태워주고, 내가 이렇게 될 줄 알고 애비가 미리 홍콩도 보내주고 중국도 보내 줬나 벼."

휴게소 몇 곳을 거쳐 대천IC로 진입한다. 망우리 본가에서 출발해서 이쯤 오면 점심때가 된다. 두 분을 모시고 가는 대천에 있는 식당은 늘 같다. 이 집은 점심 먹을 식당을 찾다가 주차한 차들이 많이 보여 우연히 들어간 식당이다. 서울에서 내려오다가 먹는 점심은 이 집 아귀찜으로 고정되었다.

"서울에서는 이런 거 먹기 힘들어. 서울에서 시키는 대자보다도 양도 많고 더 맛있어."

소주 한 병이 앞에 놓이자 아버지가 거의 처음으로 말을 꺼낸다.

점심 후 우리는 웅천으로 향한다. 대천 해수욕장으로 가다 보면 무창포 해수욕장 방향을 알려주는 도로 표시가 나온다. 대천과 웅천을 연결하여 만든 이 방파제 길이 지름길이다. 방파제 길로 들어서

기 전 오른쪽에 지금은 영업을 중단한 채 방치되어 있는 방앗간을 지난다.

"저 방앗간은 지금도 그대로 있네?"

어머니 말에 아버지가 대꾸한다.

"저 뒤 사명산에서 내가 돌 일 할 때 한 20일을 국수만 먹고 일했었는디."

두 분은 옛 회상에 젖는다. 방파제 길에서 벗어나면 오른쪽은 무창포 해수욕장으로 들어가는 길이고, 왼쪽으로는 지금 가고 있는 할아버지와 큰아버지, 해병대 사촌형의 무덤과 만난다. 그 분들의 무덤은 산중턱에 있어 허리가 불편한 어머니는 올라가지는 못하고, 갖고 온 술과 포를 무덤 입구에 놓고 절하는 것으로 인사를 대신한다.

"아버님, 저 왔슈. 자주 못 와서 지송혀유. 아버님, 장남 자손 어딜 가든 아무 일 없게 도와주세유!"

큰집에 어머니와 몇 살 차이 나지 않는 큰형이 분명 있는데도 어머니는 늘 나를 장손이라 부른다.

"6.25때 엄마랑 자려고 이 고개를 넘어갈 때 호랭이 우는 소리도 들었는디!"

산소를 떠나 차를 몰고 내려오는 길 언덕에서 아버지가 말을 던진다.

"아이고, 옛날엔 이 길이 엄청 무서웠슈."

두 분의 대화가 이어지다 보면 지금은 큰형이 살고 있는 큰집을 지난다. 신작로 길로 조금 내려가면 오른쪽에 어렸을 적 점방이었던 가게가 있고, 그 사이에 차 한 대가 겨우 들어갈 만한 골목길이 있다. 그 골목길은 내가 다니던 국민학교 담과 마주한다. 나는 두 분을 모시고 고향에 오면 할아버지 산소를 들른 후 꼭 이 골목길을 지난다. 이 골목길을 가다 보면 우리가 살던 초가집으로 올라가는 언덕과 만나고 언덕을 올려다보면 외할아버지와 함께 살았던 집터가 지금도 남아 있다. 학교 담을 끼고 골목길에 들어서면 두 분의 대화는 절정에 이른다.

"저 집에 살던 애가 죽은 지 한참 됐네."

"그 아저씨, 아줌마 속 엄청 썩였었는디."

잠시 후 나는 차를 멈추고 두 분이 앉아 있는 쪽의 창문을 내려준다. 옛날 초가집이 있던 집터는 작년까지만 해도 비어 있었는데 어느새 조그만 집이 들어서 있다. 올라가는 골목길 옆에 흐르던 개천이 환상 속에 보인다.

"꽁아, 그만 가자."

나는 창문을 올리고 운전대를 잡는다. 매년 아버지 생일 아침마다 제일 마지막으로 들르던 또 하나의 큰집으로 들어가는 골목이 나온다. 신작로로 차를 올려 외할아버지 산소로 향한다. 외할아버지 산소까지 가는 길에는 돌 공장이 많다. 이곳 대부분의 돌 공장은 아버지 친구들과 관련이 있다. 나도 알고 있는 분이 몇 분 있었지만 지금은 거의 다 돌아가셨다. 이 구간이 고향 일정 중에 아버지가 말을 제일 많이 하는 구간이다.

"옛날에 여기에 은어가 많았는디. 여기 개천에다 돌을 놔서 장어 참 많이 잡아 먹었는디."

어머니는 외할아버지 산소에 오고 싶어서 고향에 온다. 아버지는 어제 열심히 갈아 놓았던 낫으로 외할아버지 무덤 주변의 잡나무를 정리한다. 낫은 항상 두 자루를 챙겨 온다. 아버지와 내가 무덤을 정리하는 동안 어머니는 당신의 아버지에게 독백하듯 말한다.

"지송혀유, 아부지! 자주 못 와서 지송혀유!"

어머니의 눈물 섞인 독백은 내가 술을 따르기 전까지 반복되다가 절을 할 땐 다른 이야기로 바뀐다.

"아부지가 질 이뻐하던 간중이가 왔어유. 바닥에 내려놓지도 않던 간중이가 왔슈. 사업 잘되게 아부지가 도와 주세유!"

어머니는 주머니에서 담배를 꺼내 불을 붙인다. 주변의 돌을 주워다 묘 앞에 놓고 그 위에 담배를 올려놓는다. 그러면 아버지는 눈치껏 "외할머니 산소 쪽으로 먼저 간다" 하면서 자리를 피해 준다.

이제는 어머니와 나만 외할아버지 산소 앞에 있다. 여행 중 아버지가 없는 유일한 시간이다. 이제부턴 어머니가 젊은 시절부터 갖고 있던 아버지에 대한 원망이 욕과 함께 쏟아진다. 한참이나 아버지 산소 앞에서 뱉어낸 어머니의 한맺힌 이야기는 희한하게도 녹음기를 틀어 놓은 것처럼 매번 비슷하다. 서울에서 출발해서 고향으로 내려오는 길을 따라 주요 장소에서 나누는 두 분의 대화 내용은 해가 지나도 변하지 않고 반복되고 있다.

당일 일정을 마무리하면서 예약해 놓은 무창포 해수욕장의 단골 숙소로 향한다. 봄, 가을 정기적으로 두 분을 모시고 다니기 시작한 고향 여행이 거의 20여 년 되는 것 같다. 가끔 동행했던 아내와 자식들에게도 이제는 같이 가자고 하지 않는다. 전에는 대구에 사는 남동생과 서울의 여동생들과 조카들도 함께 다니곤 했다. 어렸던 자식들과 조카들도 이젠 성인이 되어 자기 영역을 지키기에 바쁘다. 동생들도 나이를 먹어가고 있다. 언제부터인가 나 혼자 늙은 부모님을 모시고 다니는 게 편하게 느껴졌다.

인생 골목에 걸쳐져 있는 담쟁이 넝쿨이 겨울을 앞두고 시들어 보이는 사진이다. 부모님도 한 해 한 해가 다르다. 시골에 갔다 오면 "다시는 안 간다. 이젠 정말 못 가겠다"고 한다. 그러나 시간이 지나면 내 눈치를 보며 또 고향 얘기를 꺼낸다. 나는 이 여행이 오래 지속되었으면 한다. 병들어 보이는 담쟁이 넝쿨을 헤집고 나온 나팔꽃 한 송이가 고향을 떠나는 부모님과 나를 배웅한다.

잘 가라고, 내년 봄에 다시 오라고 슬며시 고개를 내밀며 손을 흔들고 있다.

존재와 부재

생명을 유지하기 위해 본능적으로 우리는 호흡을 통해 산소를 몸속으로 들여온다. 밖의 신선한 공기는 들숨으로 폐에 들어오고, 몸을 정화하고 남은 공기는 날숨으로 몸속에서 배출된다. 이렇게 들숨과 날숨을 반복하여 폐 속에 산소가 공급되기에 나는 생존하고 있는 것이다. 몸에 들숨과 날숨의 호흡이 있다면 정신이 지배하는 기억에는 존재存在와 부재不在가 있다고 생각한다. 존재는 현재이고, 부재는 지난 과거다. 글을 쓰고 있는 지금 이 순간에도 존재가 부재로 바뀌고 있고 그 사이를 시간이 중재하고 있다. 우리가 살고 있는 지구의 하루는 태양이 있어 낮을 유지해 주고 태양이 부재로 돌아서는 시각이 되면 달이 대신하여 존재한다. 이들의 아름다운 역할 분담 덕으로 하루는 완성된다. 이렇게 하루가 만들어지고 그것이 한 달이 되고 일 년이 된다.

사진을 찍는 나는 사진에서 존재와 부재를 본다. 사진 속의 이미지는 부재의 잔상이다. 사진 전시장에 들러 전시된 사진을 돌아보다가 어떤 사진 앞에서 나도 모르게 발걸음을 멈춘 적이 있다. 무엇을 생각하게 만드는 사진은 부재가 존재를 상상하게 만드는 사진이다. 부재가 남긴 존재의 끝자락에서 존재가 되살아난다. 악기 연주도 비슷하다. 악기를 통해 표현된 화음은 공중으로 이미 사라지고 없다. 그러나 공기 속으로 사라져 부재가 된 악기의 화음은 내 귀를 통하여 가슴으로 들어와 감동으로 되살아나서 온몸을 휘감고 돈다.

사진을 공부할 때 선생님은 사진을 '거기 있음'에 대한 기표記標이며, 궁극적으로는 '지금 없음'에 대한 기의記意라고 강의한 적이 있다. 나는 이 말이 이해가 되지 않아 공부를 하면서 기호학을 엿보게 되었다. 모든 기호는 의미를 내재하고 있다. 사진에 구체적으로 드러나는 존재가 있다면 그것은 기표이고, 그 기표가 부재를 암시하게 되면 기의가 되는 것이다. 좋은 사진은 기표가 곧 기의를 암시하는 사진이라고 감히 정의한다.

지난 세월 동안 헤아릴 수 없이 많은 사람들이 내 주변에 있었고 다양한 인연들을 만났다. 그들은 내 삶의 기표다. 이 기표들의 존재는 부재가 되었지만 내 기억 속에 지워지지 않고 강렬한 암시로 남아 있다. 이들은 여전히 내 삶에 살아있는 기의다.

이제부터의 삶을 생각해 본다. 시간이 흘러 현재와 같은 시공간에 내가 존재하지 않을 때, 나를 기억하는 존재들에게 나의 기의는 무엇으로 남아 있을까? 그들이 떠올릴 나의 기의를 상상해 본다.

남아 있는 시간이 그리 많지 않은 지금, 사랑해야 되겠다, 더 사랑해야 되겠다. 빛이 사라질 때까지 남아 있는 빛을 더 깊이 사랑해야 되겠다.

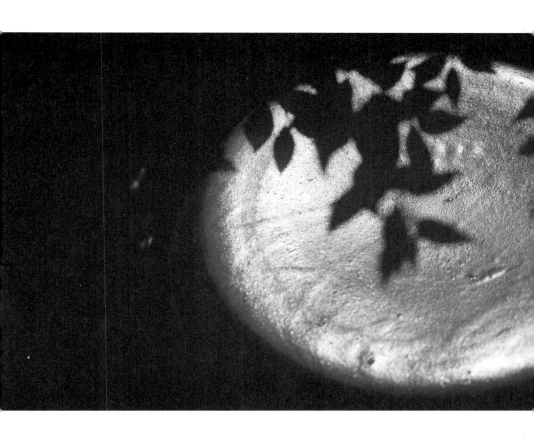

집으로 가는 길

인쇄일 2022년 3월 17일
발행일 2022년 3월 24일

글·사진 엄기용

펴낸곳 아임스토리(주)
펴낸이 남정인
출판등록 2021년 4월 13일 제2021-000113호
주소 서울특별시 서대문구 수색로43 사회적경제마을자치센터 2층
전화 02-516-3373
팩스 0303-3444-3373
전자우편 im_book@naver.com
홈페이지 imbook.modoo.at
블로그 blog.naver.com/im_book

ISBN 979-11-976268-4-5 (03810)